허니문

허니문

요시모토 바나나

김난주 옮김

민음사

바리코에게 바침

차 례

마나카의 뜰

나는 어렸을 때부터 우리 집 뜰을 좋아했다. 그렇게 넓지는 않아도, 집 크기에 비하면 꽤 넓은 면적이었다.

엄마가 원예를 좋아하여, 먹을 수 있는 것도 몇 가지 길렀고, 정원석도 오밀조밀 놓여 있었고, 철따라 꽃이 피는 나무도 있었다. 그래서 그 뜰에는 여러 가지 얼굴이 있었다.

그리고 그 좁다란 세계에는 내가 마음 편히 쉴 수 있는 장소가 몇 군데나 있었다. 나는 그곳을 소중히 여겼고, 어렸을 때는 옷을 더럽히는 줄도 모르고 땅에 앉기도 하고 누워 뒹굴기도 하였다. 마침내 어른이 되어서는 틈만 나면 마실 것을 들고 나가, 깔개를 깔고 앉아 있곤 했다. 엄마와 아버지와 히로시(裕志)는 아무것도 하지 않으면서 싫증도 나지 않느냐고 묻곤 했다. 하지만 나는 정말 싫증도 내지 않고 넓다란 하늘을 올려다보다가 발치의 이끼와 개미를 보고, 다시 자기 손에 비치는 햇살을 바라본다. 그러다 또 하늘을 보면 구름의 위치와 하늘 색이 변해 있는 것처럼, 조금씩 변해 가는 세계와 점점 흘러가는 시간이 무서웠다.

너무도 오래도록 똑같은 풍경이라서, 나는 그 자리에 있는 나 자신이 몇 살인지 모를 때도 있었다. 커다란 정원석에 기대 앉아, 역시 번갈아 하늘과 굵직한 나무 가지와 잎사귀를 올려다보고, 그 다음에는 개미와 조그만 돌과 흙을 본다. 그러면 자신의 크기마저 알 수 없어져, 기뻤다. 가끔 엄마가 시장을 보러 나가는 길에, 아버지가 유독 일찍 돌아오는 날에, 뜰에 있는 나를 발견한다. 부모님은, 갠 날이면 방안에 있기 싫어하는 나를, 영상으로 알고 있다. 갠 날이면, 나는 이미 뜰의 일부다. 두 사람은 당연한 일인 듯 인사를 하고 문을 나서고 들어온다.

히로시가 다가오는 일도 있다. 히로시는 문으로 오지 않는다. 대나무 울타리를 넘어 온다. 히로시는 눈이 나빠서, 늘 눈을 가늘게 찡그리고 미심쩍다는 표정으로 나를 확인한다. 나는 웃는다. 히로시도 웃는다. 그 웃는 얼굴에는 우리 둘이 만난 이후의, 어린 시절에서 어른이 될 때까지의 모든 역사가 아로새겨져 있다. 오랜 세월 같은 일을 하다 보면, 거기서 묘한 깊이가 생겨난다. 두 사람의 웃는 얼굴은 그야말로 그런 것이었다. 순간, 지금 와서 새롭고 멋진 일이 있을 리 없다고 생각될 만큼 깊은 교류가 가로지른다.

그런 때, 나는 정말 벽도 천장도 없는 곳에 있다고 생각한다. 우리는 이 세상에서, 시간의 흐름을 포함한 모든 것으로부터 버림받고, 단둘이 눈을 마주하고 있다. 음악 소리가 들릴 듯한, 달콤한 풀내음이 풍겨올 듯한 기분이 든다. 감각만이, 혼(魂)만이 생기발랄하게, 이 벽 없는 세계에서, 넓디넓게 퍼져 있는 하늘 아래서, 마주한다. 나이도 성별도 없고, 고독한 느낌은 들지만 드넓다.

어디에 있든 왠지 문득 불안해질 때면, 나는 어느 틈엔가 마음속으로 뜰에 있을 때의 자신으로 돌아가곤 한다. 뜰은 나의 감각이 출발한 지점, 영원히 변하지 않는 기준 공간이다.

가마아게 우동

우리 둘의 집은 원래부터, 마치 운명이 억지로 정해 놓은 것처럼 골목길 안쪽에 어깨를 나란히 하고 서 있다. 히로시와 할아버지가 사는, 뜰도 없는 낡고 작은 일본식 집과, 우리 아버지와 새엄마가 집장수에게 사들인, 넓은 뜰이 있는 현대식 집. 그 두 집을 좀더 간단하게 그리자면, 히로시의 방과 내 방을 나누는 것은 뜰과 나지막한 대나무 울타리뿐이었다.

나와 히로시가 법적으로 결혼한 것은 5년 전, 우리 둘 다 열여덟 살 때였다.

〈일단 결혼하자 싶어서〉란 얘기가 나왔을 때, 아무도 반대하지 않았다.

그래서 우리는 결혼식도 올리지 않았고, 히로시가 우리 집 호적에 올랐을 뿐이었다. 결혼을 하지 않으면, 미국에 살고 있는, 만난 적조차 없는 히로시의 아버지란 사람이 언젠가 히로시를 데려 가겠다는 말을 꺼낼지도 몰랐다. 만약 그런 우려가 없었더라면 우리는 그때, 굳이 결혼 따위 하지 않았을 것이다. 그 정도로 생활에는 아무 변화가 없었다. 이렇다 할 고양감도 없었고, 재미가 더해진 것도 아니었고, 우리 두 사람은 좀더 살다가 근처 어디로 분가할까 하는 제안도 하면서, 결국 나는 우리 집에 부모와 함께 살며 어영부영 지냈고, 히로시는 아르바이트를 하면서 그냥 할아버지와 둘이 살았다.

이른 봄에 히로시의 할아버지가 죽었다.
히로시는 자기 혼자서 유품을 정리하고 싶다고 하였다. 나는 그의 마음을 존중하여 장례식이 끝나고부터는 혼자 있게 해주었다. 히로시의 집에는 매일밤 늦게까지 불이 켜져 있었다.
히로시의 아버지가 장례식에 오지 않아 이상했지만, 히로시한테 이유를 묻지는 않았다. 히로시의 할아버지는 아버지의 아버지일 텐데, 어째서 장례식에 오지 않았을까, 정말 인연을 끊어버린 것일까, 하고 나는 생각하였다. 히로시의 엄마란 사람은 캘리포니아에서 히로시의 아버지와 헤어지고 나서는 행방조차 모르는 모양이었다. 할아버지한테로, 히로시를 잘 부탁한다는 편지가 왔을 뿐, 연락이 없다고 들었다. 아무튼 두 사람 다 어린 히로시를 버리고 신앙을 좇아, 외국으로 옮겨 살게 되었다는 것만은 분명하다.

나는 히로시가 유품을 정리하는 오후, 늘 혼자서 뜰의 동백나무 아래 있었다. 새엄마의 직업은 요리책을 번역하는 것이다. 나는 가끔 그런 엄마를 도와 요리책의 초벌 번역을 하거나, 엄마가 바쁠 때 집안일을 거드는 정도 외에는 아무것도 하지 않아서, 시간이 아주 많았다. 그래서 동백꽃이 피어 있는 동안은, 개인 날이면 빨래를 넌 다음 신문지를 깔고 동백나무와 함께 지냈다. 눈을 감기도 하고, 뜨기도 하고, 맨발이 되었다가, 다시 샌들을 신기도 하고. 동백나무 아래 앉아 있으면, 짙푸른 잎사귀들 사이로 파란 하늘이 보였다. 그리고, 동백나무는 마치 플라스틱 같은 색깔의 분홍색 꽃잎과, 장난감 같은 디자인의 꽃술을 미련없이 톡톡 땅으로 떨어뜨려, 새카만 흙을 물들였다. 그 색채의 격렬한 어우러짐이 강한 대조를 이루었다. 나는 어렸을 때부터 해마다, 그 동백나무가 하나둘 꽃을 피웠다가 용감하게 떨어뜨리는 모습을 보아왔다. 아무것도 변한 게 없는데, 이렇게, 사람만 풍경에서 사라져버리는 일이 있다. 새벽 다섯시, 까만 바지를 입은 히로시의 희멀건 할아버지가 커다란 빗자루로, 언뜻 보기에도 힘없는 모습으로 집 앞을 쓰는 장면은 이제 두 번 다시 볼 수 없다.

히로시는 어렸을 때부터 할아버지가 죽는 것을 몹시 두려워하였다. 할아버지가 감기에 걸리거나, 골절이나 담석 등으로 입원하면, 생명에 별 지장이 없는 경우라도 걱정하느라 거의 제정신이 아니었다. 그 겁나하는 모습을 보고, 어린 나는 곧잘 생각했었다. 〈아버지나 엄마나 올리브가 죽는 장면을 상상하는 것은, 그런 상상을 계속하는 것은, 어쩌면 실제로 죽는 상황보다 더 무서운 일이 아닐까.〉

그러나 가령 내가 잠 못 드는 밤 아무리 그런 생각을 해봐야, 아침에 눈을 뜨면 그 사람들과 개는, 정말 싱그런 생명 자체로 충만한 모습을 나에게 보여주어 모든 생각을 잊게 해주었다. 하지만 히로시는 언제나 그런 생각에서 깨어날 계기도 없이, 낡은 집 안에서, 차분한 할아버지와 조용히 살고 있었다. 나는 종종 히로시의 마음의 창문에서 보이는 풍경은, 내게 보이는 것보다 훨씬 더 쓸쓸할 것이라고 생각했었다. 아무리 손을 꼭 마주 잡고, 꼭 껴안아도, 그 창문으로 보이는 풍경만은 바꿀 수가 없다.

우리 집에도 아무 일 없었다고는 절대로 말할 수 없을 것 같다. 우리 아버지와 새엄마가 정식으로 결혼하여 가정을 꾸린 것은, 내가 일곱 살 때였다. 하지만 철들기 전부터 내내 같이 살았기 때문에, 나는 꽤 성장하여서도 새엄마가 친엄마인 줄 알았었다. 그전까지는 아파트에 살았으므로 개를 기를 수 없었다. 이 집으로 이사오자, 아버지와 새엄마는 테리어견인 올리브를 기르기 시작했다. 그래서 올리브가 줄곧 내 여동생 대신이었다.

아버지는 학생 시절, 친구들과 해변에 집을 빌려 자급자족하는 생활을 했었다. 학생들 사이에 있을 법한 일로, 다들 일러스트를 그리기도 하고, 부모에게 의지하기도 하고, 애인을 데리고 오기도 하고, 채소를 가꾸기도 하고, 마리화나를 재배하기도 하고, 가구를 제작하기도 하였다. 아무리 시대가 바뀌어도, 절대로 없어지지 않을 종류의 성실한 사람들이었다. 아버지는 거기에서 나의 친엄마를 알게 되었고, 바로 결혼하여 나를 낳았다. 친구들 중에 한 사람이 도쿄에서 부모가 경영하는 레스토랑을 이어받게 되자, 아버지는 그를 따라 도쿄로 올라가 가게를 공동으로 경영하기로 하였다. 그런 가게를 경영하는 것이 아버지의 꿈이었던 것이다. 그러나 자유로운 생활과 바다를 사랑하던 나의 엄마는 도쿄 생활에 금방 싫증을 내었고, 끝내는 젖도 떼지 않은 나를 두고 집을 나가버리고 말았단다.

친엄마는 나중에 오스트레일리아 사람과 결혼하여 브리스벤에 갔고, 성장한 나와는 연락을 주고받고 있다. 내가 브리스벤으로 놀러간 적도 있었다.

엄마가 집을 나갔을 때, 아버지는 이미 아버지가 경영하는 가게의 단골 손님이었던 새엄마를 만난 상태였다. 그 무렵부터 해외의 진귀한 요리책을 번역하고 음식재료를 대량으로 구입하거나 가게의 메뉴를 고안하는 일을 하고 있었던 새엄마는 마음씨가 고운 사람이라서, 나만 있으면 다른 아이는 필요없다고 할 만큼 진심으로 나를 귀여워하고 사랑해 주었다.

새 집으로 이사를 한 후 처음 한 동안, 나는 말도 없는 데다 피부도 하얗고 여자처럼 야들야들한 인상이라 동네 아이들 사이에서 게이라 불리며 미움을 받았던 히로시를, 아주 싫어하였다. 옆집에 산다는 이유만으로 어떻게 친해질 수 있겠느냐고 생각했었다. 그러나 혼자 있기를 좋아하고 남 듣기 거북하게 말하는 나 역시 얼마 안 가서 따돌림을 당하게 되었다. 결국은 히로시와 같이 노는 수밖에 달리 방법이 없었다.

할아버지와 둘이 살면서 집안일을 곧잘 거드는 히로시를 보고 볼런티어 정신이 발동한 엄마가 무슨 일만 있으면 놀러 오라고 하는 바람에 참이나 저녁밥을 같이 먹는 일이 많아졌다. 히로시의 할아버지는 술 한두 잔에 안주나 몇 점 먹으면 만족하는 타입이라서, 그런 때는 히로시만을 위한 저녁밥을 짓지 않아도 되니 일거리가 무척이나 덜어지는 모양이었다.

그 다음으로 꺾인 것은 올리브였다. 그것도 열렬하게 히로시를 따랐다. 거의 반해 버린 것처럼, 히로시가 오면 기뻐서 어쩔 줄을 몰라 날뛰었다. 과연 나도 질투가 났다. 그러나 마침내는, 그렇게 사랑을 받는 데는 이유가 있지 않을까 싶은 생각이 들어, 찬찬히 관찰하게 되었다. 그렇게 잘 살펴보니, 올리브를 자기중심적으로 귀여워하는 나와는 달리, 히로시는 아주 끈질기게 서로의 의지가 통하도록 애쓴다는 것을 알 수 있었다. 나는 적당히 손을 떼고 마는 브러싱이나 피부약을 바르고 귀를 청소하는 일도, 히로시는 놀라울 만큼 끈질기고 정성스럽게 하였다. 나는, 히로시는 사람보다 개를 좋아하는구나, 그래서 올리브도 히로시를 좋아하나 보다고 결론을 내렸다. 그 관찰이 끝날 무렵 나 역시 히로시에게 완전히 반해 있었다. 이렇게 마음이 깨끗하고 올곧게 사는 남자는 달리 없을 것이라고, 나는 아직 어린데도 내 마음의 결론을 내렸다. 그것은 지금도 변함이 없다. 히로시가 지금도 마음이 깨끗하고, 다소 편협하고 소심하기는 하지만 올곧게 살고 있기 때문이라고 생각한다.

내가 왜 히로시한테 아버지와 엄마가 없는지를 안 것은, 서로 알게 된 지 한참이 지나서였다고 생각한다.

햇볕이 쨍쨍 내리쬐는 그 여름 날의 오후, 나는 여느 때는 하지 않는 짓을 하였다. 히로시네 집에 히로시를 부르러 갔다가, 문이 열려 있어 멋대로 현관 안으로 들어갔던 것이다.

할아버지도 히로시도 없는 것 같았다. 밖에서는 태양이 반짝반짝 빛나고 있는데, 복도는 캄캄했다. 곰팡내와 향 냄새가 섞인 듯한 냄새가 났다. 그 조금은 서양식 분위기가 나는 낡은 일본식 집은, 천장이 매우 높았다.

빛은 모두 틈새로만 새어들고 있었다. 그 탓에, 여름이, 생명의 힘이 멀게 느껴졌다. 거기서 혼자 기다리고 있기가 싫어서, 돌아갔다가 다시 오려고 일어났을 때, 오른쪽으로 보이는 마루방 안에서 언뜻 이상한 것을 발견한 나는 호기심을 억누르지 못하고 살짝 집 안으로 들어갔다. 문이 약간 열려 있고, 그 방 안에는 몹시도 섬뜩한 제단이 있었다. 그것은 일본식도 티베트식도 아니고, 서양식이라는 것만 알 수 있었다. 촛불과 해골과 묘한 그림과, 추악한 성인상과, 무서운 사진과, 알록달록한 줄과 칼과, 뭔지는 모르겠지만 바짝 말라 있는 것, 그런 것들이 잔뜩 놓여 있었다. 그 전체에서 불길한 냄새가 나는 듯했다. 비릿하고 눅눅한 냄새였다. 그 냄새가 스며들어온 폐에서부터, 나 자신이 썩어들어가는 듯한 기분이 들었다. 내게 그것은, 아침 햇살과 맑은 물 같은 동그란 개의 눈과 반대편에 있는 것이었다.

나는 조용히 히로시네 집 현관을 나와, 집으로 돌아왔다. 히로시가 나중에 와서, 할아버지가 오늘 밤 외출을 하기 때문에 대신 일을 좀 보고 왔다고 했다. 나는 말을 잃었고, 평소처럼 제대로 웃을 수도 없었다. 그러고는 잔인하게도, 히로시네 집에는 왜 그런 게 있는데?

라고 물었다. 히로시는 무척 슬픈 듯이, 그건 아버지와 어머니가 집을 나갈 때 남겨둔 것이라서 치워버리기가 겁이 나 그냥 놔두는데, 무슨 이상한 냄새가 나서 가끔 환기를 한다, 고 말했다. 그렇지, 냄새가 나더라. 하지만 아무 말 않고 봐서 미안해, 라고 말하고 나는 다시 침묵하였다.

그리고 우리 둘은 늘 그러듯, 우리 집 정원수에 물을 주었다. 어린애들만의 세계에 태어나는 조그만 무지개를 보았다. 손이 닿을 듯 가까이서 흔들리는 일곱 가지 색. 올리브의 몸이 흙투성이가 되자, 우리는 비닐 풀에 물을·담고 들어가 조그맣게 몸을 웅크렸다. 젖은 개의 털, 빛나는 물방울을 즐겼다.

어린 아이는, 상대방을 배려하느라 억지로 얘기를 계속하는 재주가 없으므로, 때로는 어른보다 낭만적으로 침묵을 음미한다. 아무 말도 하지 않음으로 하여, 완벽하게 함께한다.

그때 함께 나누었던 무게…… 히로시네 집에 그런 것들이 있기 때문에, 히로시는 보통 아이들과 다르다…… 그렇다는 것이, 여름이고, 개가 있고, 낮잠을 한숨 자고, 눈을 뜨면 저녁밥이 기다리고 있을 텐데, 무엇 하나 걱정할 것 없는 오후인데, 우리를 무겁게 만들었다. 녹음은 울창하고, 여름은 영원히 계속될 듯한데, 뭔가 슬픈 일이 기다리고 있는 것만 같은 느낌이 들었다.

나는 말했다.

「히로시, 마음속으로나마, 우리 집 아들이 된다고 정하지 그러니. 나, 항상 창문 열어둘 테니까, 언제든 내 방으로 들어와도 좋으니까」

「그러고 싶어, 하지만 괜찮겠니?」

히로시는 겁먹은 눈으로 말했다.

「괜찮아」

나는 고개를 끄덕였다.

「그럼, 그렇게 할게」

히로시는 바로 대답했다. 그리고, 실제로 지금까지 그러고 있다. 꽤나 그러고 싶었던 모양이고, 내가 그런 말을 해주길 바랐던 모양이다.

그때, 약속을 나누었을 때, 하늘이 성큼 다가온 듯한 기분이었다. 올리브가 유난스레 예뻐 보였다. 히로시도 환하게 웃었다. 그렇게 웃는 히로시를 본 적이 없었다. 그 웃는 얼굴은 잊을 수 없을 만큼 아름다웠다. 그때까지 본 어떤 아름다운 사람의 얼굴보다도 예뻤다. 옳은 때에 옳은 일을 한 듯한 느낌이었다. 그런 때를, 어른이라면 사랑에 빠진 순간이라고 할지도 모르겠다. 하지만, 우리는 어린아이고, 그렇게 시시하고 보잘것없는 것이라 해서는 안 될 만큼 커다란, 새파란 여름 하늘에 안겨 있었다. 그때, 나와 히로시와 올리브와 뜰은, 뭔가 아주 아름다운, 불꽃놀이 같은 것을 세계에 보여주어, 세계가 우리에게 사랑을 품었던 것이라고 나는 생각한다.

내내 혼자서 유품을 정리하던 히로시가 한밤에 지친 모습으로, 말도 별로 없이 내 방을 찾아오게 되었다. 히로시가 줄곧 지나온 동백나무 옆 오솔길, 대나무 울타리를 넘고 뜰을 건너 히로시가 올 때, 올리브가 항상 먼저 알아차리고 들창 앞에 폴짝 뛰어올라 히로시를 맞이하곤 했다. 그러나 올리브도 이미 없다.

히로시는 한밤에 내 방의 어두운 창문을 톡톡 두드리고, 내가 대답도 채 하기 전에 창문을 열고 넘어들어와, 침대에 푹 쓰러질 뿐이었다. 잠이 덜 깬 나는 히로시의 머리칼을 만지면서, 아아, 올리브가 살아 있다면, 하고 생각했다. 그 조그만 혀로 히로시를 핥아대고, 달려들어, 히로시의 몸 위에 올라가 잠들어주면 좋을 텐데…… 그러나 그런 상상만으로도 나마저 눈물이 나왔다. 나이를 먹어, 앞도 잘 보이지 않고, 딱딱하게 굳어, 마지막에는 싸늘하게 식어간 올리브, 그런데도 어렸을 때와 조금도 다르지 않은 열정으로 우리를 사랑했던 올리브의 따스한 털의 감촉을 떠올리면, 나는 아직은 올리브의 죽음에서 헤어나지 못했고, 죽음은 자연스러운 것이라고 말해 봐야 여전히 거짓말이라는 것을 알 수 있었다. 하물며 올리브에 이어 할아버지를 잃은 히로시의 마음이라니, 상상할수록 더욱 거짓말이 되어버린다. 히로시의 세계에서 올리브와 할아버지가 없어졌다는 것이 어떤 일인지, 고생 모르는 나로서는 사실은 알지 못했으리라. 나의 그런 부분에 필경 그는 편안해하기도 했으리라.

그래서 그 기간 나는 올리브 대신에, 조그만 침대에서 몸이 아파질 정도로 조그맣게 웅크리고, 히로시에게 바싹 달라붙어 잠잤다. 히로시는 돌처럼 딱딱하게 온몸에 힘을 주고 잤고, 뒤척이지도 않았다. 이렇게 자면 아침에 일어나서 온몸이 아플 텐데, 하고 나는 밤중에 종종 생각했다.

봄이 가까워진 어느 날 아침, 나는 히로시에게 말했다.

「거들어줄까?」

「됐어, 아직도 하루에 세 번은 우는걸. 우는 모습 보이고 싶지 않으니까 괜찮아」

히로시가 말했다. 그런 때, 나는 히로시가 강한 건지 약한 건지 전혀 분간이 안 간다.

실은 히로시는 지난 달부터 트리머trimmer가 되기 위한 학교에 다니기로 되어 있었지만, 할아버지가 쓰러지는 바람에 가지 않았다. 이대로 히로시가 아무것도 안할지도 모르지, 그러면 우리는 세계에서 제일 한가로운 부부네…… 라고 각오할 정도로, 아무 일도 내키지 않는 듯한 분위기였다. 미래라는 말 자체가 그에게서 사라진 느낌이었다. 할아버지가 쓰러진 후, 공포에 질린 간병의 나날, 정말 상심하였던 것이리라.

히로시는 다시 혼자서 유품 정리를 시작하였다. 집을 개조하는가 싶은 소리가 나는 때도 있었다. 그런 모습을 멀리서 지켜보던 나는 어느 오후, 동백 꽃잎에 묻힐 듯 앉아서 불현듯 결심하였다.

나는 엄마한테 알렸다.

「엄마, 나, 오늘 밤부터 저 집에 가서 잘래」

「어머, 히로시 군이 이쪽으로 오는 편이 마음이 달래지지 않을까」

엄마가 말했다. 내가 대답했다.

「이 집, 지금의 히로시한테는 너무 밝지 않을까 싶은데」

하루 종일, 마음을 죽이고 작업하고 있는 그에게, 우리 집의 밝은 현관, 아버지와 엄마의 웃는 얼굴, 조명 아래 깨끗하게 정돈되어 있는 실내, 가족의 식탁에 아무렇게나 내던져져 있는 신문, 개어져 있는 빨래, 그런 것들이 너무 강렬할 것 같았다.

나는 히로시가 뜰을 건너올 때의 발소리를, 바스락거리는 나무 소리를, 어렸을 때부터 쭉 들어왔다. 지금 히로시는, 집에서 한 발자국도 나가고 싶지 않은데, 견딜 수 없어서 잘 때만 어쩔 수 없이 내게로 온다는 것을, 나는 알고 있었다.

뜰에 잠겨 있는 밤의 어둠이 내게 그것을, 히로시의 참 마음을 가르쳐준다. 자박자박 울리는 히로시의 발소리와 히로시가 데리고 오는 밤내음이, 그 답답함을 느끼게 해준다. 히로시가 말하는 이상의 것을, 나는 알 수 있었다.

내가 그 오후, 히로시네 집을 찾아가자, 히로시는 노골적으로 짜증스런 표정을 지었다. 나는 그런 그를 무시한 채 성큼성큼 집 안으로 들어가 이불을 내다 널었다. 그러자 히로시는 아무 말 없이 다시 유품 정리를 시작하였다. 온 집 안에서 아직도, 할아버지의 냄새, 정겨운, 낡은 천 같은 부드러운 냄새가 났다. 그런 후 집 안을 한 바퀴 돌아보고, 나는 히로시가 초인적인 속도로 유품을 정리하고 있다는 것을 알았다. 오랜 세월의 괴로움까지 묻어버리려는 듯, 할아버지가 존재했었다는 사실마저 한시라도 빨리 잊어버리고 싶은 듯…… 이불을 제외하고는, 벽장도 이미 텅 비어 깨끗하게 걸레질까지 되어 있었다. 그리고, 할아버지가 침실로 사용하였던 구석 다다미 방에는, 버릴 생각이 없는 유품이 말끔하게 종이 상자에 꾸려진 채 유적처럼 차곡차곡 쌓여 있었다.

어렸을 적, 히로시는 그 방에서 할아버지와 함께 잤다. 때로, 심장이 멎어버렸으면 어쩌나 하고, 한밤에 할아버지의 가슴에 종종 귀를 갖다 대었다, 고 히로시가 이전에 말했었다. 그 반듯하게 쌓여진 종이 상자며, 크기 별로 노끈에 묶여 있는 책들이며, 조심스럽게 쌓여 있는 가구들을 보고 있자니, 히로시의 참 슬픔과 할아버지에 대한 소리없는 애정이 전해져, 나는 울고 말았다.

그때, 히로시가 또 하나 종이 상자를 껴안고 들어왔다.

「왜 울고 있는 거야?」

히로시가 말했다.

짐으로 창문이 절반이나 가려져, 창모양의 절반만큼, 희미한 빛이 네모나게 다다미에 비치고 있었다. 나는 거기를 떠다니는 빛나는 먼지를 보면서,

「그냥」

이라고 말했다.

히로시가 내 옆에 앉아 말했다.

「어렸을 때부터, 항상 나도 모르게 각오하고 있었으니까, 살아 있을 때도 무의식적으로, 어떤 순서로 정리할지 생각하고 있었던 모양이야. 굉장히 일이 빨라」

「그런 거 조금도 좋은 일 아니야」

「하지만, 올리브가 죽었을 때도 그랬어. 올리브가 늙어서부터는, 죽으면 어쩌지 하는 생각만 했었어」

「하긴 나도 조금은, 그랬을지도 모르지만」

나는 말했다.

「우리보다 훨씬 더 빨리, 나이를 먹는걸 뭐, 마술처럼」

올리브가 죽은 것은, 1년 전 벚꽃이 필 무렵이었다.

어쩐 일인지 소나기 같은 비가 갑자기 내려, 하늘이 어두컴컴해지고 천둥이 치던 날이었다. 히로시는 없고, 천둥을 싫어하는 올리브는 내 의자 밑에서 몸을 웅크리고 떨었다. 괜찮아, 괜찮아, 하고 그 뻣뻣한 등털을 쓰다듬다보니, 올리브는 새근새근 잠이 들었다. 잠시 후 덩달아 나도 끄덕끄덕 잠이 들었다.

눈을 뜨니, 방금 전까지 어두웠던 하늘이 꿈이었나 싶을 정도로 맑게 개어, 금빛 저녁 해가 투명하고 파란 하늘을 가득 메우고 있었다. 그리고 서쪽에는 놀라우리만치 보드라운 분홍빛 구름이, 파도처럼 흐르고 있었다. 뜰은 햇살로 가득하고, 축축하게 젖은 나무들은 반짝반짝 빛이 났다.

「올리브, 산책하러 가자」

고 내가 말하자, 올리브는 젊었을 때처럼 기운차게 뛰어올랐다. 참으로 오랜만의 일이라, 나는 기뻤다. 올리브와 함께 아직 젖은 채 빛나고 있는 길을 걸었다. 갑작스럽게 내린 비라서, 벚꽃이 우수수 떨어져 있었다. 동네 고등학교 옆을 오르는 벚나무 가로수길은 온통, 막 떨어진 예쁜 모양의 꽃잎으로, 분홍빛 카펫처럼 장식되

어 있었다. 지는 햇빛을 받으며 서 있는 나무들에는 아직도 흐드러지게 꽃이 피어 있고, 물방울을 매단 채 싱그럽게 빛나고 있었다. 길에는 아무도 없고, 세계는 마냥 호화스런 금빛과 분홍빛 광선으로 가득하여, 이 세상이 아닌 듯한 광경이었다.

「올리브, 벚꽃 참 예쁘지」

하고 나도 모르게 말을 걸었다. 그러자 올리브는 새카만 맑은 눈으로 나를 빤히 올려다보았다. 마치, 금빛 지는 해보다, 벚꽃보다, 나를 보고 싶다는 표정으로. 그런 눈으로 보지 마, 하고 나는 생각했다. 보물과 줄줄이 이어지는 산과 바다를 쳐다보는 듯한 눈, 죽음은 딱히 두렵지 않다, 다만 너와 만날 수 없게 되는 것만이 안타깝다, 그런 눈이었다. 사실은 나도 올리브도 알고 있었다고 생각한다. 그날의 분위기가, 그렇게 말하고 있었다. 모든 것이 너무 아름다웠다. 이미 볼품없어진 올리브의 털도, 금빛이었다. 모든 것이 우리 둘이 어린 애였던 시절로 돌아가는 듯한, 어느 쪽이나 영원히 살아갈 듯한 느낌이 들었다.

그 밤, 히로시가 우리 집으로 자러 와, 여느 때처럼 나는 침대에서, 히로시는 바닥에 이불을 깔고 잤다. 언

젠가 더블 베드를 사자고 얘기하면서, 둘 다 돈이 없어
서 그렇게 자곤 했다. 그런데 잠에 든 후, 한밤에 히로
시가 심하게 가위에 눌렸다. 나는 깜짝 놀라 일어났다.
히로시는 여전히 잠자고 있는데, 거센 힘으로 목덜미를
쥐어뜯을 것처럼 몸부림치고 있었다. 나는 온 힘을 다해
히로시를 깨웠다.

「어떻게 된 거야?」

히로시가 눈을 뜨고, 헉헉 숨을 쉬면서,

「누군가 내 목을 졸라 숨을 못 쉬는 꿈을 꿨어. 무서
웠어」

라고 말하고, 내 이불 속으로 파고들어왔다. 그러고
는 내 몸에 몸을 꼭 밀어붙였다. 히로시의 살은 뜨겁
고, 열이 있는 것 같았다.

「열 있는 거 아니야? 뭐 마실 거 가져올까?」

내가 말했다.

「아니, 내가 갔다올게. 화장실에도 다녀올까」

라고 말하며 히로시는 일어났다. 간신히 어둠 속으로
평소 같은 평화가 돌아온 느낌이었다. 그 정도로 히로시
의 상태가 이상했다. 뭔가 끔찍한 것이 우리 생활에 그
림자를 드리운 듯한 느낌이었다. 왠지 공기마저 뜨끈하

여, 나는 창문을 열었다. 바람이 휙 들어왔다. 눅눅한 흙 냄새, 나무들의 기운, 조그만 달……. 얼른, 여느 때 같은 밤이 되기를, 하고 나는 생각하였다. 별이 반짝 반짝 빛나며, 엷게 구름진 하늘을 수놓고 있었다. 그러나, 여느 때 같은 밤은 영원히 돌아오지 않았다.

히로시가, 소리없이 방으로 돌아와, 말했다.

「대체 무슨 일이지, 올리브가 숨을 안 쉬어」

나는, 무슨 이유에선가 놀라기보다, 역시, 하고 생각했다. 그래서 저녁 해가 그렇듯 아름다웠던 것이다, 그래서 올리브는 그런 눈으로 나를 보았던 것이라고 납득하였다. 그리고 히로시가 이상한 꿈을 꾼 이유도 알 수 있었다. 알기는 해도, 눈물은 금방 흘러나왔다. 마치 준비되어 있었던 것처럼.

우리는 올리브의 망해를 사이에 두고 아침까지 울면서 잤다. 우리에게 한 시대가 끝났다. 가슴이 메어질 듯 아팠다.

「누군가가 죽는다는 것은 괴로운 일이네」

나는 말했다.

「길들 수 있는 일이 아니야」

히로시가 대답했다.

나는 아직은, 대범한 구석이 있어 다행이라고 생각한다. 무슨 일이든 적당히 하려고 마음만 먹으면 그럴 수도 있고, 잔뜩 먹고, 신나게 자고, 그러다 괴로운 일을 어느 틈엔가 극복하고 만다. 내가 계속 하고 있는 일은 뜰의 나무를 손질하고 집안일을 거들고 초벌 번역을 하고 히로시를 도와주는 것뿐이다. 아르바이트도 지속적이지 못하여, 부모도 포기하였다. 그런데도 나한테는 몇몇 젊고 혈기 왕성한 친구가 있어, 인간 관계 속에서 무언가가 꽃필 때의 기운찬 광경과, 봄이 되어 일제히 돋아난 풀들이 대지를 녹색 카펫으로 뒤덮을 때 같은 로망스의 에너지가 어떠한지를 얘기해 준다. 그러면, 나도 그런 것을 알고 있는 듯한 기분이 들어 조잘거릴 수 있다.

하지만 히로시는 말이 없는 올리브나 우리 집 뜰하고만 깊은 관계를 맺고 있고, 언제나 지나친 기대를 품는 일이 없다. 고집스럽게 침묵하는 일은 있어도, 분노에 몸을 맡기고 소리를 지르는 일은 한번도 본 적이 없다. 부모나 할아버지와 함께했던 생활이 히로시한테서 거두어간 것은, 내가 아무리 애를 써도 절대로 돌아오지 않는 성질의 것이리라. 나는 그에게 사랑받고 있지만, 그

것은 남자 친구들이 여자한테 몰두할 때처럼 강렬한 아름다움에 찬 것은 아니다. 허물에 핀 조그만 데이지꽃 같은 것이다.

「저녁 준비할 건데, 뭐 먹고 싶은 거 있어?」

나는 물었다. 짐이 없어진 방으로 내 목소리가 유난히 울렸다. 나란히 쌓여 있는 종이 상자가 비석 같았다. 히로시의 창백한 얼굴에, 누런 종이 상자가 비쳐, 한층 더 어둡게 보였다. 물건을 치운 뒤의 다다미가 휑하고 파랗고, 마른 먼지 냄새가 났다. 물으면서 나는,

「아무것도 먹고 싶지 않아」

란 대답을 진정 예상하고 있었으므로, 잠시 생각하다가 히로시가,

「가마아게 우동」

이라고 대답했을 때는 정말이지 놀랐다.

「뭐엇!」

나는 놀라 소리를 지르고 말았다. 히로시는 다시 한 번 말했다.

「가마아게 우동은 먹어도 괜찮을 거 같은데. 간 생강을 듬뿍 넣어서 맵게 해가지고, 장국은 사누키(讚岐)식으로 달착지근하게 하고」

알았어, 라고 말하고 나는 일어나, 그 끔찍하도록 쓸쓸한 방에서 빠져나와 부엌으로 갔다. 히로시네 집 부엌 창문으로는 우리 집이 보인다.

나는 새삼 그 경치를, 새로운 눈으로 보는 듯한 기분이 들었다.

낡고 뒤틀린 유리 창문 너머로, 우리 집 뜰의, 싱싱한 나무 줄기들이 몇 겹이나 겹쳐 있고, 낯익은 동백나무와 번번이 잡초투성이가 되는 오솔길 건너, 우리 집 창문에 어린 아주 밝고 강렬한 빛이 보였다. 아직은 젊은 나의 부모가, 꼼꼼히 손질하여 밝게 정돈되어 있는 창문의 힘찬 빛, 그 광경은 원치 않아도 가정이란 단어를 연상하게 하는 따스함으로 충만하였다.

몇 번이나 그 부엌에 선 일이 있지만, 이렇듯 쓸쓸한 창문에서 그 집을 바라본 마음을 깨달은 적은 없었다.

내가, 저렇게 따스한 곳에 살고 있다니, 하고 신기한 생각이 들었다.

냉장고에는 생강은커녕 아무것도 들어 있지 않았다. 맥주와 토마토뿐이었다. 선반 속에 국수만큼은 잔뜩 들어 있어서, 나는 히로시의 커다란 구두를 대충 신고 우리 집으로 갔다. 자기가 사는 정든 집에 들어섰을 때, 다른 세상에서 온 것처럼 조명이 눈부셨다. 그 탓에 모든 것이 유난히 밝았다. 엄마가 부엌에 앉아서, 나를 보고 말했다.

「마나카짱, 너, 얼굴색이 죽은 사람 같다. 그 집에 둘이서만 있는 거 좋지 않은 거 아니니? 둘 다 기분이 너무 가라앉는 거 아니야?」

「나도, 무덤 속에 있는 기분이야」

나는 말했다.

「집에 와서 밥 먹는 게 좋지 않겠어?」

엄마는 말했다. 식당 조그만 테이블에 앉아 있는 엄마의 얼굴은 여느 때와 다름없어 보였다. 역시 나만 다른 우주에 있었던 것 같은 기분이 들었다. 내내 계속되어 온 이 집의 평화로운 풍경에서 한 걸음 밖으로 나가면, 무수한 사람들의 마음이 낳은 다양한 색깔의 공간이 아우성치고 있다. 그런 생각을 하면 가슴이 두근거렸다. 이 밤 속에 충만한 한없이 깊은 고독의 색채…… 그에 직접 닿을 수 없기 때문에, 다들 집 안을 치장하고, 커다란 나무에 몸을 기대고 앉는 것인지도 모른다고 생각하였다.

「응, 하지만 지금은 저 집에 있는 편이 좋을지도 모

르겠어」

나는 대답했다.

「저녁 찬거리 가져가도 돼?」

「가져가고 싶은 게 있으면 뭐든 가져가라. 너 피곤하지 않니? 아니면 엄마가 뭐 좀 만들어줄까?」

엄마가 말했다.

「우동밖에 못 먹을 것 같으니까 됐어」

나는 대답하고, 냉장고에서 다시와 생강과 양파를 꺼냈다. 겨우 몇 발짝 그 집을 벗어났을 뿐인데, 나는 해동된 듯 편안함을 느꼈다. 히로시의 슬픔은 설사 본인에게 그럴 마음이 없어도 나의 마음을 얼리는 무게와 싸늘함을 지니고 있었다.

밖에는 첫 별이 떠 있고, 아직 이른 봄인데도 공기가 뜨뜻미지근했다.

나는 뜰을 질러, 그 차가운 세계로 다시 돌아갔다.

히로시는 가마아게 우동을 정말 많이 먹었다. 마치 우동만 빨아들이는 블랙 홀 같았다. 나는 압도되어 금방 식사를 끝내고 말았는데, 그런데도 히로시는 몇 번이나 국수를 삶아달라고 하였다.

히로시의 집에 있는 그 고급스런 국수는 12, 3분이나

삶지 않으면 안 되는 것이라, 시간이 많이 걸렸다. 장국
도 더 만들고, 양념도 다 떨어지고, 물을 끓이고, 삶고
는 버리고, 또 끓이고…… 히로시는 그렇게 많이 먹는
것에 대해서는,

「맛있는걸 뭐」

라고밖에 말하지 않았다. 안 그래도 말이 없는 히로
시는 점점 더 말이 없어졌다. 결국 우리는 한밤의 1시까
지 우동을 하염없이 먹었다. 텔레비전도 음악도 없는 그
조그만 부엌에서 마주 앉아.

나는 너무도 마음이 한가로워,

「여기 개조하자, 밝게」

라는 둥 밉살맞은 며느리 같은 농담을 하려고 했지
만, 할 수 있는 분위기가 아니라서 그만두었다. 중요한
것은 그릇보다 사람의 마음이다. 히로시는 할아버지를
기억하는 편이 좋다. 어차피 우리는, 만일 내가 여기 살
게 되더라도, 흰개미가 이 집을 다 파먹어버릴 때까지
이대로 살리라.

그런데도 왠지, 만약 내가 산다면, 이 집이 따뜻해질
듯한 기분이 들었다. 어쩌다 이 집은 이토록 쓸쓸하고
텅 비어버린 것일까. 할아버지가 죽어서가 아니고, 오

랜 세월의 축적이 느껴졌다. 집 안 구석구석에서 메마르고 슬픈 느낌이 떠다녔다. 그래도, 조금씩은 변해 갈지 모른다. 내가 꽃병에 꽃을 꽂 때문이 아니라, 내가 챙겨 올 먹거리 때문이 아니라, 내 허벅지와, 내 머리칼과, 맨 발, 젊고 살아 있는 그것들이 어슬렁거리는 것만으로, 아주 조금씩이나마, 무언가가 돌아올지도 모른다.

아무튼, 뜨거운 물 속에서 유영하는 하얀 우동을 보고 있으려니, 히로시 안으로 그것이 쑥쑥 들어가는 것을 보고 있으려니, 직접 빨려들어가는 생명의 힘이 느껴졌다. 지금까지는 〈먹을 거리…… 여러 과정을 거쳐, 몸 안에서 에너지가 된다〉고 생각했는데, 그 모습을 보고 있는 동안은 〈먹는다 고로 산다〉는 느낌이 들었다. 그의 위 안에 벌레처럼 우동이 빼곡하게 들어차, 어떤 사랑스럽고 신비한 힘에 의해 소화되어, 히로시의 생명을 이어간다. 꽃꽂이에 쓴 꽃은 한번 시들면, 물 속에서 다시 가지를 잘라도 물을 빨아올리지 못한다. 그러나 히로시는 아무튼 빨아올리고 있다, 다행, 이라고 나는 생각했다.

우울한 집
oil on paper
© MAYA MAXX 1997

해방

「내일은 집에 안 와도 돼」

어느 밤, 캄캄한 방안에서 이불을 나란히 펴고 자는
데, 히로시가 말했다.

매일 별 큰 일도 아니면서 자잘한 정리가 계속되어, 마
치 히로시는 그 일이 끝날까 봐 두려워하는 듯이 보였
다. 밤에는 가마아게 우동만 먹어댔다. 그 정체된 분위
기를 나는 더 이상 견디지 못하여, 낮에는 살짝 집에 가
서 빵을 먹곤 했다.

「왜?」

나는 말했다. 아무것도 없는 방 구석구석으로 목소리
가 울려, 연극처럼 들렸다.

「좀 성가신 일이 있어서」

히로시가 말하자, 나는 반사적으로 대답했다.

「알았다, 그 제단 치우려는 거지!」

왜 그 말이 입에서 나왔는지는 모르겠지만, 그렇게 말했다. 그 존재조차 까맣게 잊고 있었는데, 도대체 나는 어떻게 그런 일에 생각이 미친 것일까.

「무슨 그런 말을, 퀴즈를 알아맞히는 것처럼 자신만만하게······」

히로시는 어이가 없다는 표정으로 말했다.

「하지만, 맞는 말이니 신기하군, 그래, 그걸, 치우지 않으면, 방 하나를 차지하고 있어서, 아깝기도 하고, 어째 소름끼치기도 하고」

「나, 거들게」

나는 말했다.

「그렇지만······」

「도울 거야. 잘 자」

나는 그렇게 말하고 잠자코 잠에 든 척하였다.

그것은 나의 에고였다. 나는, 히로시가 혼자서 그 제단을 치우는 장면을, 평생 악몽으로 꾸고 싶지 않았다. 반드시 그럴 거라고 생각했다. 무슨 일로 두 사람 사이가 원만하지 않을 때, 틀림없이 그런 광경을 꿈에 보리라고 생각했다. 실제로 그러고 있는 장면을 보는 것보다, 훨씬 더 선명하게 보리라. 그러느니, 실제로 보는 편이 차라리 낫다고 생각했다.

　게다가, 그렇게 고통스러운 작업을 할 때 도울 수 없다면, 친구라고 할 가치가 없다.

　이튿날 아침은, 놀라울 정도로, 태풍이 지나간 다음처럼 날이 맑았다. 그래서, 나는 조금은 일할 마음이 생겼다. 아침 일찍 일어나, 뜰에 물을 뿌렸다. 출근하는 아빠와 마주쳤다. 내가 벌거숭이 같은 꼴로 물을 뿌리고 있어서, 부끄러워 다가오지 못하는 듯했다. 그저 싱긋싱긋 웃으며 문을 나섰다. 뭐라 말할 수 없이, 귀여운 광경이었다.

　무지개를 만들면서, 흙탕물에 비친 아름다운 하늘, 흐르는 구름을 보면서 나는 생각했다. 이렇게 사소하고, 웃어넘겨 버리는 일이, 인생을 구성하는 세포라고. 정성스럽게 느낄 수 있는 컨디션을 유지하기란 어렵다, 그러기 위해 내게는, 하늘과, 꽃의 숨결과, 흙 냄새가 아주아주 필요하다. 그래서 나는 히로시에게, 여행이라도 떠날까, 라고 말하고 싶었다. 좋은 풍경이라도 보지 않으면, 이 기분이 소금에 절여진 배추처럼 농밀하게 고정되어 버리고 만다. 온천 같은 데라도 가서, 노천탕에 들어가 짙은 녹음과 계곡을 바라보고, 투덜투덜 맛없는 생선회와 멧돼지탕을 먹으면, 기운이 날지도 모른다.

젖은 정원석이 빛나고 있었다. 무척 아름다웠지만, 나는 훨씬 더 크고 아름다운 것을 보고 싶어 어쩔 줄을 몰랐다. 히로시가 그러고 싶어하면 좋을 텐데, 아무쪼록 그럴 마음이 생기도록, 물방울을 맞으면서, 나는 간절히 그렇게 기도했다. 기도할 만큼 기도하고는, 금세 잊어버렸지만.

히로시네 집으로 돌아가자, 히로시는 어두운 창문을 활짝 열어놓고 이미 작업을 시작한 상태였다. 마스크에 장갑까지 끼고 있어서, 나는 그만 후후, 웃고 말았다.

「지금은 그렇게 웃지만, 이 먼지하고 곰팡내를 접하면, 마나카짱도 틀림없이 이러고 싶어질 거야」

히로시가 마스크 너머로 우물우물, 위협적인 목소리로 그렇게 말하여, 나도 그를 따라 무장을 하기로 하였다.

히로시는, 먼저 그 큼지막한 제단을 해체했다. 그 일은 내가 할 수 없는 일이라, 주위에 널려 있는 쓰레기를 태워버릴 쓰레기와 재활용 쓰레기로 분류하기로 하였다. 이상한 것들이 많았다. 사진이니, 무슨 탁한 액체가 들어 있는 병이니, 촛대니, 상(像)이니, 장식물이니, 읽을 수 없는 글자로 씌어 있는 경문이니, 아주 비싸 보이는 칼이니, 피 같은 얼룩이 묻어 있는 헝겊이니, 전혀 뭐가 뭔지 알 수 없는 것들이 몇 가지나 있었다. 호기심도 일었지만, 무엇보다도 조금 경험을 쌓아 지식이 있는 탓에, 그 모든 것이 어렸을 적 보았을 때보다 으스스했다.

그러나, 쓰레기라는 관점에서 보면, 이 먼지 쌓인 물건들은 타느냐 안 타느냐로 구분되고 마니 우스꽝스럽다. 아무리 신성한 것이라도, 그 가치를 알 수 없으면 이런 식으로 나눌 수 있고, 그렇다는 것이 빨리 끝나면 좋을 이 우울한 작업에서 그나마 밝은 구석인지도 모르겠다고, 마스크를 한 나는 생각했다.

「히로시, 마스크를 하고 있으면, 평소보다 자기 머릿속의 생각이 확실하게 느껴지는 것 같지 않아?」

나는 말했다.

「그럼, 마나카짱이 너무 시끄럽게 떠들 때는, 마스크 하면 되겠네」

「무례하긴」

그런 말을 나누면서 묵묵히 손을 움직이다가, 내가

갑자기 손길을 멈추어, 히로시가 나를 보았다.

「무슨 일이야?」

히로시가 말했다.

「이게, 왠지 기분 나빠서」

라고 나는 제일 속에 들어 있는, 분홍색 천에 싸인 조그만 항아리를 가리켰다.

「이게 뭐지, 히로시, 뭐 같아?」

「잘 모르겠는데, 그대로 눈 딱 감고 버리지 그래?」

히로시는 말했다. 그러나 내 안의 호기심이 뭉글뭉글 피어오르며, 지금 보지 않으면 앞으로 내내 기분 나쁜 인상이 끝을 맺지 못한다, 고 고하는 것을 느꼈다.

「아니, 나 볼래」

그렇게 말하고 나는 항아리 뚜껑을 비틀어 열었다. 안에서, 피가 배어 있는 낡은 거즈 같은 것으로 둘둘 만, 무진장 냄새를 풍기는 것이 나왔다. 이 방에서 나는 냄새의 근원이라고 생각했다. 가볍고, 뭐가 들러붙어 있고, 노랗다.

「이거…… 혹시 사람 뼈?」

나는 말했다. 히로시를 보았더니, 히로시는 아주 미묘한 속도로, 얼굴 표정이 놀람으로 바뀌어가는 중이었다.

우는 아이
charcoal on paper
© MAYA MAXX 1997

정말 놀라면, 사람은 이렇게 조용히 눈을 동그랗게 뜨는 법인가, 하고 나는 생각했다. 히로시는 말없이, 마치 자신의 놀람을 확인하듯, 시간이 정지되어 버리기라도 한 듯 눈을, 그 오랜 뼈로 향하고 있었다.

나는 재빨리 그것에서 손을 떼었다. 그 냄새란, 말로 형용할 수 없는 종류였다. 마스크를 통해서도 분명하게 느낄 수 있는 그 냄새가 스며드는 것을, 본능이 온몸으로 거부하고 있는 듯한 느낌이었다. 방안 공기의 질이 바뀌는 듯했다.

멍한 채 집어 버리려고 하자, 히로시가 느닷없이,

「잠깐만」

이라고 말했다. 그리고, 돌아보자 히로시는 울고 있었다. 어린애처럼, 미처 억누르지 못한 눈물이 하염없이 흐르는데, 전하려고 필사적으로 말하려 함을 알 수 있었다.

「뭔데?」

나는 말했다. 히로시는 오열을 참으면서 말했다.

「그건 어쩌면, 내, 형제의 뼈일지도 몰라, 그러니까, 버리지 마, 어디엔가 묻어주고 싶어」

그런 말을 들으니 사정은 잘 모르겠어도, 지금까지

역겹고 무서웠던 그것이, 갑자기 소중하게 여겨졌다.

「그러니……」

히로시의 다음 말을 기다렸지만, 히로시는 눈물을 닦고 울음을 거두기가 고작이어서, 묻지 않았다. 그리고 말했다.

「그러면, 동백나무 아래, 올리브 옆에다 묻어줄까」

「응」

히로시가 고개를 끄덕였다.

아무리 소중한 것으로 탈바꿈했다 해도 역시 그 냄새는 변함이 없어서, 다시 한번 싸서 창가에 놓아두었다.

우리는 밤이 가까운 저녁 나절에야 간신히 그 방을 다 정리하였다. 그리고, 어두컴컴한 뜰에서, 말없이 삽질을 하여, 그 꾸러미를 땅으로 되돌려주었다. 깊이깊이 묻었지만, 없었던 것으로 할 수는 없다. 우리는 잠자코 흙을 털었다. 착잡한 기분이었다. 올리브를 묻었을 때를 생각하였다. 그때는, 어차피 흙으로 돌아갈 텐데 뭣 하러 이 세상에 태어나 산 것일까, 싶을 정도로 서글펐다. 올리브를 묻고 있는데, 몇 번이나, 어어? 왜 우리가 뜰에 있는데 올리브가 달려오지 않는 거지, 하고 생각했다. 순간순간이 아파서, 숨을 쉴 수 없을 정도였다. 그때처럼이나 맑은 저녁이었다. 파란 저녁 하늘이 투명하게 세계를 적시고 있었다. 여기저기 돋은 별이 강렬한 빛을 발하고 있었다.

그리하여, 남은 것은 거의가 불미스러운 종이류여서, 그것들은 뜨락 넓은 곳에서 태우기로 하였다. 정리도 이제 클라이맥스다 싶은 기분에, 나는 큰맘 먹고 감자까지 사왔다. 하나하나 껍질을 까서, 버터를 바르고 소금을 뿌려, 호일에 싸서 〈저주받은 군 감자〉라고 웃으며 얘기하여 히로시네 집의 비밀을 날려보내기로 하였다. 캄캄한 어둠 속에서 조그만 모닥불을 피우고 있으려니, 뜰이 예쁘게 드러나고, 불길은 춤추고, 끔찍했던 낡은 종이 조각들은 재가 되어 하늘로 날아오르고, 히로시의 암울한 안색 위로 그 오렌짓빛 불길이 어른어른 비쳐, 건강하게 보였다.

엄마를 불러, 셋이서 감자를 먹었다. 내내 시간을 정지시켜 놓고 잠들어 있던 그 제단을, 건설적인 일에 사용하고 있는 듯한 기분이 들었다.

「잘 구워졌네」

「감자란 그렇게 많이 먹을 수 있는 게 아닌가 봐」

「하지만, 오늘은 피곤하기도 하고, 식욕도 별로 없으니까 마침 적당할지도 모르지」

「나중에 죽이라도 끓일까」

언뜻 보면, 이른 봄에 모닥불을 피우고 감자를 구워 먹으며 평화로운 대화를 나누는 가족이라고밖에 여겨지지 않았다. 적어도 다른 나라의 불미스런 물건들을 필사적으로 태우고 있는 것처럼은 보이지 않았으리라. 이상하게도 자유로운 느낌이 떠돌았다. 그것은 형태를 바꿔가며 활활 타오르는 불 탓이 아니라, 쇠막대기를 쥐고 감자를 꺼내는 히로시가 여느 때보다 힘차고 밝게 보였기 때문이었다. 그것을 치웠다는 것이 히로시에게 뭔가 큰 의미를 지니는지도 몰랐다. 의식하지 않았더라도, 그것이 히로시를 얽매어놓고 있었는지 모른다. 밤바람이, 먼지도 곰팡내도 나는 모른다는 식으로 상큼하게 불었다. 비참함도, 기분 나빴던 일도, 후련한 마음도, 봄의 뿌연 밤하늘로 사라져가는 듯했다.

그 밤은 왠지 잠을 이루지 못했다. 히로시도 그런 듯, 몇 번이나 몸을 뒤척였다. 깨끗하게 정리된 온 집 안이,

「자, 그럼 이제 어떻게 할 거야?」

라며 무언가를 강요하고 있는 듯한 느낌이 들었다.

나는 이사를 경험한 적이 없지만, 만약 어른이 되어 이사를 한다면, 이렇게 휑덩그레하고 새로운, 막 태어난 밤을 맞이하여 감상적이 될지도 모르겠다. 눈을 감고 있으려니 지금까지의 일, 아주 어렸을 적 일이며, 할아버지가 아직 건재하여 이 집에 조금은 활기가 있었던 시절의 추억이 잇달아 되살아났다. 할아버지가 늘 주셨던 과자며, 수영장에서 돌아와 햇볕 바른 곳에서 잠들었던 일이며, 그럴 때 할아버지가 온화하게 내던 소리, 어린 히로시와 할아버지가 서로 도와가며 저 끝에서부터 반듯반듯하게 빨래를 널던 사랑스러운 모습이며, 그런 것들이.

나는 콧노래를 부르기도 하고, 조그만 불을 켜고 책을 읽기도 하고 또 불을 끄기를 거듭하였지만, 전혀 잠이 오지 않았다.

「잠이 안 와」

나는 말했다.

「나도」

라고 히로시가 말했다. 어둠 속에서 활짝 뜨인 히로

시의 눈동자가 새카맣게 보였다.

「중요한 말을 하지 않았는데」

히로시가 말했다. 죽은 형제를 말하는 것이다, 라고
나는 이불 속에서 마음의 준비를 하였다. 그러나 전혀
다른 일이었다.

「실은, 우리 아버지, 바로 얼마 전에 죽은 모양이야」

「뭣?」

나는 놀라, 조금은 졸렸던 잠 기운이 정말 싹 가시는
것을 느꼈다.

「그럼 왜, 장례식 같은 거, 안한 거야?」

나는 말했다.

「집단 자살을 한 것 같아. 그, 제단의, 종교에서 말
이야. 독약을 마시고, 건물도 태워버려서, 시체를 확인
하지 못한 모양이야, 정확한 것은 잘 모르겠지만, 아마
도 거기에 있었을 거라고 해」

히로시는 담담하게 말했다.

나는 그 사건에 관한 뉴스를 신문에서 보았지만, 설
마 그렇게 가까운 사람이 관계하고 있을 줄은 생각지도
못했으므로 머리가 띵해지고 말았다.

「그럼, 이제 무서운 꿈을 꿔도, 그 꿈이 현실이 되는

일은 없다고 생각해도 좋은 거네」

「꿈?」

히로시가 말했다.

「아무것도 아니야」

나는 입을 다물었다.

나와 히로시는, 한번, 둘이서 가출을 한 적이 있었다. 히로시가 멀리 가는 전철을 타고 있는 것을 보기는 할아버지가 병원갈 때 따라간다든가 어쩔 수 없는 경우를 제외하고는, 그때뿐이라고 해도 과언이 아니다. 히로시는 외박을 한 적이 없고, 수학 여행도 이런저런 이유를 붙여 가지 않았다.

우리가 막 고등학생이 되었을 무렵이고, 계절은 초여름이었다.

내가 꾼 꿈이 발단이었다.

때마침 캘리포니아에서 히로시 아버지의 친구라는 사람이 할아버지와 히로시를 만나러 온다는 얘기도 있었다. 평화롭게 지내는 우리들에게는 놀랄 만한 사건이라, 히로시는 정말로 그 사람을 만나고 싶지 않다고 했다. 나는 오히려, 그렇게 고집스럽게 거부하지 말고, 혹

화해의 길이 있을지도 모르니까 만나보는 게 어떻겠냐고 권하는 쪽이었다. 그런데, 그 사람이 오기 직전의 어느 밤, 아주 불길한 꿈을 꾸었다.

그 꿈속에서, 나는, 내 방에서 눈을 떴다. 히로시가 방금 전까지 거기에 있다고 생각했는데 없었다. 그래서, 나는 뜰로 뛰쳐나갔다. 달이 떠 있고, 사방이 뿌옇게 밝았다. 히로시네 집을 보았더니, 늘 켜져 있는 부엌불도 꺼져 있고, 캄캄했다. 게다가, 집 모양도 조금 달라서, 여느 때의 히로시네 집이 아니라, 콘크리트로 지은 커다란 건물이 서 있었다. 나는, 아아, 히로시하고 할아버지는 미국으로 가버렸지, 하고 꿈속에서 생각했다.
적막하다기보다, 왠지 무거운 느낌이 들었다. 나는 조그만 소리로 노래를 부르며, 스스로를 위로하려 하였다. 그랬더니, 그 나의 목소리가, 마치 헤드폰에서 들리는 것처럼, 꿈속에서 크게 울려퍼졌다. 아주 불길한 느낌이 들어, 나는 뜰에 주저앉고 말았다. 공기는 싸늘하고, 무겁고, 밤이 평소보다 한층 어둡게 느껴졌다. 뛰어 달아나고 싶었는데, 정신을 차리니, 나는, 히로시네 집 현관에 있었다. 히로시의 이름을 불러보았지만, 대답은 없었다. 그리고, 피 냄새가 몹시 났다. 그것은 틀림없는, 짙은 피 냄새였다. 꿈속에서도 그 냄새만큼은, 또렷하게 머리에 각인되었다. 집 안은 캄캄하고, 눅눅한 느낌이 들고, 나는 맨발로 집 안으로 들어갔다. 용기를 쥐어짜내 들어갔다. 집 안은 내가 알고 있는 히로시네 집과는 전혀 다른 모습이었지만, 나는 앞으로 나아갔다. 아무튼 캄캄했다. 어쩐 일인지 복도 여기저기에 물이 고여 있고, 그 색이 빨강인지 투명한지, 어두워서 알 수 없었다. 다만, 속이 울렁거리고, 히로시를 만나고 싶었다. 사람의 기척은 전혀 느껴지지 않았다. 그런데, 어떤 낯선 방문을 열었더니, 거기에 놓여 있는 의자에, 히로시의 낯익은 재킷이 걸려 있었다. 꼼꼼한 히로시가, 이런 식으로 옷을 그냥 놔두다니, 이상한 일, 이라고 나는 생각했다.

늘, 내가 아무데나 옷을 벗어두면 몹시 짜증스럽다는 듯 옷을 주워주고, 옷걸이에 걸어주고, 접어주는 히로시, 나는 그런 히로시의 모습을 떠올리자 마음이 따스해졌다. 그러고는 문득 깨달았다. 그렇게 짜증스런 얼굴을 떠올리고 마음이 따스해지다니, 지금, 나와 히로시 사이에, 굉장한 거리가 벌어져 있는 것이라고. 마치, 죽은 사람을 생각하면 싫었던 기억조차 따스한 것처럼. 그리고, 히로시의 재킷을 만져보고, 냄새를 맡았다. 그때 불현듯, 히로시가 죽었다는 것을 알았다. 히로시는, 아무튼 멀리서 피투성이가 되어, 산산조각이 나, 죽었다, 그래서 이 집 안에 피 냄새가 충만해 있는 것이라고. 히로시의 재킷은, 내게 그렇다는 것을 가르쳐주었다. 나는, 방바닥에 앉아, 눈을 꼭 감고 오래도록 히로시의 냄새를 빨아들였다. 피 냄새를 지우고 싶어서. 나는, 알 수 있었다. 만에 하나 사고나, 무슨 일이 있어 우리가 죽음으로 헤어진다 해도, 나와 히로시의 관계가 변하는 일은 없다. 사랑, 같은 것, 인연이나 약속이나 인간으로서의 존엄 같은 것은 변하지 않는다. 하지만, 그렇게 죽다니, 히로시의 혼 자체를 내게서 절대적일 만큼 멀리 떨어뜨려놓은 죽음이라는 것을, 나는 알았다. 히로시는, 산산조각이 되어, 굴욕적으로, 사라졌다, 히로시로서 남아 있는 것은 이 재킷뿐이라는 것을 알았다.

그 꿈에서 깨어났을 때, 나는 훌쩍훌쩍 울기 시작했고, 히로시를 깨우고 말았고, 마약이라도 하고 있는 거야? 라며 성가셔하는 히로시에게 미국에 가지 마, 아버지 심부름으로 오는 사람 만나지 마, 불길한 예감이 들어, 라고 말했다. 히로시는 〈알았어, 그렇게 하지〉라고 대충 대답하고는 잠들고 말았다.

나는 여전히 가슴이 두근거려 잠들지 못하고, 이 세상에 있는 어두운 힘이 창문을 통해 또다시 내 꿈속으로 들어와 내 세포에 배어들 것만 같은 기분이 들었다. 그러나 잠든 히로시의 숨소리가, 나를 구원했다. 설사 히로시가 나를 경멸하고, 매도하고, 좋아하는 사람이 생겨 내 곁을 떠난다 해도, 지금 꾼 꿈보다 외롭지는 않을 것이라고 나는 생각했다. 그 사람이 태어난 의미 그 자체를, 믹서에 넣어 가루로 만들어 흔적도 없게 하는 식의 죽음, 자연에 의해서 그렇게 되었다면, 단념할 수도 있다. 그러나, 막을 수 있었는데 막지 못했다고 생각하기는 싫다…… 그럴 가능성이, 어째서인가 현실에 배어나와 있는 듯한 기분이 들어 무서워서 견딜 수가 없었다. 나는 확신하였다. 히로시의 아버지가 섬기고 있는 종교는, 좋지 않은 것이다. 무슨, 끔찍한 짓을 하고 있음에 틀림없다. 무언가가 나에게 그렇다고 가르쳐주었다. 나는 어쩌면 좋을지를 몰라, 무서워져 몸을 부들부들 떨었다.

그러나 잠든 히로시가, 바보처럼 힘차게 숨소리를 내고 있음이, 나를 잡아당기는 어떤 힘을 막아주었다. 지금은 여기에 있다, 아무 일도 일어나지 않았다, 그 꿈으로는 돌아가지 않는다, 그렇게 쓸쓸한 장소에는 두 번 다시 서지 않아도 된다, 그런 생각이 나를 무사히 잠으로 인도하였다. 나는, 이 세상에 그렇듯 쓸쓸하고 답답하고 어두운 장소가 있다는 것은 물론 알고 있었다. 사람을 죽이고, 그 살을 보고, 피를 만지는 것. 그것을 싫다고 여기지 않는 마음은 모두의 마음속에 동일하게 존재한다. 그러나, 존재한다는 것을 알기에, 아주 자연스럽게, 그런 장소에 가지 않도록 스스로를 지키는 것이다. 하지만 누군가가 그런 세계에 매혹된다면, 막을 수는 없다. 그 어두운 세계에서 인간은 그저 동지에 불과하고, 감정은 깊이 교류되지 않고, 힘과 고독만이 행동을 결정한다. 그것은 그 나름으로 우리들이 살고 있는 현실에 필적하는 진실된 세계다. 히로시를 그런 곳으로 가게 하고 싶지 않았다. 히로시는, 몇천 배로 희석된 그런 세계를, 태어나서부터 지금까지 쭉, 공기처럼 숨쉬지 않으면 안 되었으므로.

이튿날 잠에서 깨어났더니, 히로시는 벌써 일어나 있

었다. 그리고, 뭔지 모를 커다란 가방을 들고 왔기에, 놀랐다. 내가 잠에서 깨어난 것을 본 히로시는,

「잠시 집을 떠나 있자」

고 말했다.

「왜?」

나는 잠이 덜 깨어, 히로시가 무슨 말을 하는지 잘 몰랐지만, 자기 눈이 부어 있음을 알았을 때, 꿈을 떠올렸다. 피의, 비릿한 냄새도 떠올렸다.

「내 성격으로는, 있으면서 안 만나겠다고 거부하기는 어려워. 짐 싸줄까?」

히로시가 심각하게 말했다.

「여행 한번 떠난 적 없으면서, 내 짐을 어떻게 싼다고 그래」

「생각해 보면 알 수 있을 거야」

「괜찮아, 히로시?」

「어젯밤, 약속했잖아」

그래서 나도 서둘러 짐을 꾸리고, 엄마한테는 나중에 전화하겠노라고 메모만 남기고, 영문도 모르는 채 전철을 타고, 무슨 이유에선가 아타미로 향했다.

히로시는 전철 안에서, 뜻밖에도 신난다는 표정이었

다. 도시락을 먹고, 맥주를 마시고, 창 밖을 바라보고.
나는, 느닷없이 찾아온, 평범한 연인들 같은 시간에 여
전히 어쩔 바를 모르고 있었다. 하면 할 수도 있잖아, 라
고 몇 번이나 말했던 일만 기억하고 있다. 히로시는 말
했다. 나중에, 엄마한테 전화해서, 할아버지가 어쩌고
있는지 봐달라고, 전하라고. 내가 정말 무서운 것은 여
행이 아니야, 전철이나 버스도 아니고, 내가 곧잘 꾸는
꿈 때문이야. 라고 히로시는 말했다.

「꿈?」

「응, 어렸을 때부터 몇 번이나, 꿨어. 내가 집에 없
을 때 할아버지가 쓰러져서 죽는 꿈. 이론상으로야 여러
가지로 알고 있지. 설령 그렇게 된다 해도 내 탓은 아니
라는 것도. 하지만, 무서워. 할아버지가 잠든 것을 확인
하고서 잠들지 않으면, 불안해서, 그냥 무서워서, 지금
도, 심장이 툭탁거려서 약간 불안정한 상태야」

「그럼 왜 여행을 떠난 거지?」

「나도, 그 사람은 만나고 싶지 않으니까. 한번쯤, 나와
는 달리 좀처럼 울지 않는 마나카쨩의 눈물에 화답해
서, 무슨 젊은이다운 일을, 이런 때라도 하지 못하면
나는 살아 있을 자격이 없는걸 뭐」

히로시는 정말 여러 가지를 생각하고 있고, 실은 많은 것들을 조심스럽게 느끼는 사람이라는 것을, 나는 그때, 태어나서 처음으로 알았다. 그래서, 해가 비치는 밝은 기차 안에서, 언제까지나 지금 같으면 좋을 텐데, 하고 마음으로 생각하였다.

아타미 바다는 더럽고, 건물이 벼랑에서 바다로 떨어져내릴 듯하였다. 호텔은 다들 빈 방이 없든가, 아주 비쌌다. 성수기도 아니고, 평일이라서 그런지 조그만 여관은 문이 닫혀 있었다. 히로시가 돈 가져왔으니까 괜찮아, 라고 말했을 때, 나는, 난생 처음으로 가슴이 설레었다. 마치 한참 연애중인 연인 같다는 느낌이 들었다. 그래서 열심히 어슬렁거리다가, 낮에는 생선어묵을 먹고, 바다를 바라보고, 낮잠을 자고, 그런데도 우리는 아타미에 묵을 마음이 일지 않아, 다시 기차를 타고 이토로 갔다.

이토에는 하토야라는 호텔이 있어, 아 참 그러고 보니, 호텔에 소방차가 비치되어 있다는 것 같던데, 라고 히로시가 말했다. 그럼 안심이네, 거기서 묵자, 고 나는 말했다. 이토에서 소방차가 있는 하토야가 어디냐고 물었더니 금방 가르쳐주었고, 너무 큰 호텔이라 나이도

의심받지 않고, 값도 그다지 비싸지 않아 얘기는 곧바로 진전되었고, 우리는 다다미 방으로 들어갈 수 있었다. 창문으로, 밝은 저녁 해를 받고 있는 녹음과 바다가 상자 정원처럼 단정한 모습으로 잘 보였다.

「정말 경치 좋은데」

히로시가 말했다. 히로시는 사실은, 낯선 경치를 보거나, 거대한 자연을 느끼거나, 일상적이지 않은 공간에 머물기를 싫어하지는 않는다, 고 나는, 오랜 세월 함께 지내면서 처음으로 실감하였다. 자유를 만끽하는 들뜬 목소리로 그 말을 했으므로.

엄마한테 전화를 걸어,

「이토에 있는데」

라고 말하자,

「어머머머, 웬 이토」

라고 말했다.

「어쩐지 아침부터 보이지 않는다 했지. 그런데, 왜?」

「히로시가 미국에서 온다는 사람을 만나고 싶어하지 않아서. 만나면 정이 들 것 같다면서」

나는 말했다.

「우리들이랑 할아버지를 배신하는 꼴이 될까 봐 겁나

는 거로구나」

엄마가 말했다.

「좋을 대로 하렴, 지금은, 히로시 군 하고 싶은 대로 하는 편이 좋을 거야. 어떻게 돌아가고 있는지 상황을 물어볼게, 내가 같이 만나서 무슨 얘기를 하는지도 들어볼 테고. 뭐, 지금에 와서 만에 하나 데리고 가고 싶다고 해도, 본인이 원하지 않으면, 힘들겠지」

「할아버지가 건강한지도 봐줘요」

「알았어. 히로시 군한테 도망친 거라고는 생각지 않는다고, 전해 주렴. 어른이 되면, 자기 의지로 만나러 갈 수도 있을 테니까. 엄마는, 히로시가 아버지 본인이 오지 않아 상처 입었으리란 생각이 든다」

그때, 과연 엄마다 싶었다. 내가 어렴풋이 느끼고 있는 것을, 엄마는 쉽게 말로 하였다. 나는, 오랜 옛날부터, 나나 히로시가 딱히 오기를 부리지 않아도 어느 사이엔가, 아버지와 엄마와 올리브까지 모두 히로시를 인정하고 있었고, 이미 가족의 한 사람이었다고, 절실하게 느꼈다.

히로시가 본능적으로 진정한 가족을, 그것이 비록 이 세상에 존재하지 않는 허황된 것이라도, 추구하고 있다는 것을 알고 있었다. 그리고, 그 또한 어쩔 수 없는 일이라고 줄곧 수긍하고 있었다. 그 꿈만 꾸지 않았더라면, 히로시는 미국에 가서 사는 편이 좋을지도 모른다, 고 자신에게 말했을지도 모른다. 언제까지나 가공의 부모를 꿈꾸기보다는, 과감하게 함께 지내보는 편이 좋지 않을까 하고. 이론상 그렇게 생각했어도, 그 꿈을 꾸고 난 지금은, 애타하는 자신의 마음을 알 수 있었다. 막지 않으면 안 된다, 꿈은 그냥 꿈일 뿐이니 어리석은 짓이라고 생각지 말고, 자신이 없어도 이 불길한 예감을 현실로 만들어서는 안 된다, 히로시가 아버지를 만나고 싶어하는 진정한 기분을, 설령 내 쪽이 잘못되었더라도, 지금 이 시기에는 막지 않으면 안 된다, 고 생각했다. 그리고 또 생각했다. 인생에는 때로, 그 사람이 원한다면, 하고 모르는 척하고 있을 수만은 없는 일이 있을지도 모른다. 직감이라고밖에 표현할 수 없는 무언가를 위해 필사적이 되거나, 자신이 미덥지 않아도, 정체를 알 수 없는, 훗날이 되지 않으면 알 수 없는 행동을 무슨 일이 있어도 하는 편이 좋은 일도 있을지 모른다.

　나는 그 무렵, 히로시라는 인생 때문에 헤매고 있었다. 유별난 히로시에게 싫증이 날 대로 나 있었다. 그 말고도 마음이 가는 사람이 있었고, 주위 애들은 때마침 연애를 즐기는 시기였다. 곧잘, 히로시와 함께인 한, 평생 할 수 없는 일의 리스트를 생각하고는, 한숨을 쉬었다. 지금 이대로는 애인이 생겨도 히로시와 헤어질 수 없는 환경이고, 다소 거리를 두고 서로 다른 장소에서 인생을 생각하는 편이 좋을지도 모르겠다, 고 생각한 적도 있었다. 나로서는 드물게, 세상의 흐름을 부러워한 시기였다 .

그러나 아무리 히로시를 걸림돌이라 생각해도, 둘도 없는 인간을 함부로 다룰 정도로 바보는 아니었다.

돌아보니 히로시는 벌렁 누워 텔레비전을 보고 있었다. 유카다를 꺼내놓고 목욕을 하고 싶어하는 눈치여서, 할 수 있는 일부터 하자 싶어서, 엄마가 전해 달라는 말을 전하고, 거대한 에스컬레이터를 타고 목욕탕으로 향했다.

놀랍게도, 저녁 나절 그 시각에, 여탕에는 나밖에 없었다. 그렇게 넓은 목욕탕에 들어가 본 적이 없어서, 편안하지 않았다. 이런저런 일을 해보았지만, 그렇게 오래는 있지 못했다. 나와보니, 히로시는 정말 좋아진 기분으로 방에 있었다. 그렇다고 싱글싱글 웃는 것도, 기분이 좋다고 확언한 것도 아닌데, 어째서인가 나는 알수 있었다. 히로시는 유카다를 입어보고, 온천에 잠기고, 해변에서 몸을 태우고 그러다 피곤해지기도 하는일에 굶주려 있었는데, 기회가 없었던 것이라고 생각했다.

유카다를 입은 채, 한밤에 하토야 안에 있는 라면집에 가는 것도 정말 신나는 일이었다. 히로시는 세 번이나 목욕탕에 갔다. 그런 데다, 자기 방이 아닌 곳에서둘이 자는 것도 처음이라, 긴장하여 잠을 이루지 못하는 것도 재미있었다. 우리는 뽀송뽀송한 시트에 몸을 묻고, 손을 잡고 잤다. 왠지 쓸쓸한 기분이 들었다. 집에서 멀리 떠나온 것만 같았다.

「잠 안 오면 섹스라도 할래?」

「긴장돼서 서지도 않을 거야」

「나도, 여기는 안정이 안 돼. 방이 너무 넓어서」

「우리 방, 새둥지 같으니까」

「응」

아버지니 캘리포니아란 말을 한마디 하지 않아도, 그것들이 뒤쫓고 있다는 것을 알 수 있었다. 어둠 속에서, 가능성이 꿈틀거리는 듯하였다.

「잠시 옷 좀 벗어볼래? 집이 아닌 곳에서 보는 마나카짱의 벗은 몸이 어떨지 궁금해서」

히로시가 말했다.

「좋아」

나는 약간 긴장되었지만, 유카다를 벗었다. 애당초, 여고생에게 유카다가 어울릴 리 없으니, 학원제의 전시물 같았다. 언젠가, 유카다가 어울리는 나이가 될 때까지도 우리는 함께일까, 하고 나는 생각하였다. 달빛 속에서, 자신의 알몸은 하얗고, 저녁 때 먹은 밥과 라면으로 위가 튀어나와 있었다. 히로시 앞에서 알몸이 되기란, 자연스런 인생의 일부분으로 줄곧 계속된 일이었다. 섹스도, 어떻게 하다보니까 초등학생 시절에 이미 하고 말았다. 대수롭지 않다고 하면 대수롭지 않고, 굉장하다고 하면 굉장한 일이라고 친구들이 종종 말했었다.

「여고생의 알몸을 볼 수 있는 것은, 지금뿐일 테지」

히로시가 웃었다.

「집에서는, 그렇게 자유로운 느낌이 드는데, 올리브와, 마나카짱의 여린 몸과, 다른 여러 가지가 지켜주어서 그런 거겠지」

히로시가 말했다.

「나는 이번 일로 알았어, 히로시가 우리 가족이라는 것을. 다들 굳이 말은 하지 않았지만, 그렇게 여기고 있다는 것을」

나는 말하고, 웃었다.

「아하하, 알몸으로 얘기하니까, 무슨 선언이라도 하는 듯한 느낌인데」

「나도, 절절하게 그런 생각이 들었어. 저 말이지, 결혼하지 않을래?」

「뭐?」

놀라 나도 모르게 유카다로 몸을 가리고 말았다.

「나를 데릴사위로 삼지 않겠느냐고? 마나카짱의 가족만 좋다고 하면, 당장이라도」

「상관은 없지만」

싫다든가 좋다든가 그런 게 아니고, 어쩔 수 없는 것도 아니고, 선택의 여지가 없는 인생, 이랄 만큼 비관적인 것도 아니고, 나는, 그때, 무언가가 더 넓어진 듯한 기분이 들었다. 공간이, 확 트이면서, 넓은 하늘 아래로 나선 것 같은 느낌…… 별이 있고, 먹거리가 있고, 촛불인지 뭔지의 아름다운 불빛이 있고, 공기가 맑고, 그런 대로 쓸 만하다는, 열린 느낌이 들었다. 그런 느낌이 들 때, 나는 앞으로 나아간다. 이것도 운명이겠지, 하고 생각하고, 나 역시, 히로시의 가족이 되리라 다짐하였다.

「돌아가면, 모두 모여 의논해 보자」

「히로시, 자포자기한 마음으로 하는 소리 아니겠지」

나는 일단 그렇게 말해 보았다.

「아니야, 내가 설 장소를 분명히 하고 싶을 뿐. 그렇지 않고서는 인생을 시작할 수 없어. 아무리 세월이 흘러도 버려진 아이인 채로, 너희 집에 얹혀 사는 꼴일걸 뭐」

히로시가 대답했다. 너무도 놀라워, 나는 알몸인 채로 생각에 잠기고, 히로시와 손을 잡고 잠자코 있었더니, 어느 틈엔가 잠이 들고 말았다.

다음 날, 하루 종일 해변에서 어슬렁거리다가, 택시 운전사를 알게 되었다. 그는, 밤, 구름이 안 끼면 밤의 후지산을 보여주겠노라고 약속했다. 아저씨는, 바닷가 건어물상에서 잠시 쉬었다 가곤 하는데, 너희들처럼 한가롭게 어슬렁거리는 아이들은 처음 보았다고 하였다.

그도 그렇다, 고 나는 생각했다. 해변가에서 어슬렁거리기는, 상상으로야 쉽지만, 실제로는 어려운 일이다. 옷도 머리칼도 손도 바닷바람과 모래에 점점 더러워져 찜찜하고, 마실 것이며 먹을 것 따위 순식간에 없어져 버리고, 그보다 멍하니 앉아 있거나 자기 위해서는, 시간에 대한 감각을 다소 바꾸지 않으면 안 된다. 나는 뜰에 있으면서 그것을 배웠고, 히로시는 애당초 정해진 일이 없으므로, 별 고통스럽지 않게 할 수 있는 것이라고 생각했다.

「우린 오늘, 예정이 없으니까. 갈 데도 없고. 밤, 아타미로 돌아갈 생각은 하고 있지만」

내가 말하자,

「가출?」

이냐고 아저씨가 물었다.

「아니요, 신혼 여행. 돌아가면, 호적에 올릴 거예요」

나는 말했다. 히로시는, 가만히 있어, 라고 말하고 싶은 것처럼 잠자코 말이 없었다.

축하할 일이로군, 밤, 2천 엔에 아타미까지, 후지산을 보면서 데리고 가주지, 라고 아저씨가 약속한 것이다.

여행은, 이런 일이 있으니까 재미있는 것 아니겠어? 라고 말하자, 히로시는 고개를 끄덕였다. 히로시와 결혼하여 기분이 고양된 일은 그후에는 한번도 없었지만, 대개는, 〈이런 인생이 아니었다면 외국에 살았을 텐데. 그러고는 포르쉐에서 트럭까지 어떤 차든 운전할 수 있고, 시원시원하고 인상 좋고, 많은 곳을 함께 여행할 수 있는, 남자답고 상큼하고 핸섬하고 금발에 코도 높은 남자한테, 듬뿍 사랑을 받고 결혼하고 싶었는데, 그리고 그의 덩치 큰 엄마가 손수 만들어준, 본 적도 들은 적도 없는 요리를 맛있게 먹고 싶었는데〉라는 식의 공상을 하는 일이 더 많지만, 그때는, 바다가 회색이고, 해변도 회색이고, 하늘도 여기저기 둔탁하게 빛나고 여기저기 파랄 정도의 회색이었는데 바람이 너무 상쾌하고 경치가 운치 있게 여겨져서, 이따금 파도가 하얀 물방울을 터뜨리며 아름답게 밀려오는 이토의 해변에서, 아아, 어제까지는 이름 없는 관계였는데, 지금은 약혼자다, 이 히로시가, 하고 생각하니 조금 울고 싶어졌다.

이제, 히로시는, 없어진 부모를 기다리지 않아도 된다, 적어도 기다릴 장소가 생겼다. 사실은 아무한테도 그런 장소 따위 없는데, 히로시처럼 주위에서 〈없다〉고 큰 소리로 말해 대는 경우는 없으니까, 하고 나는 생각했다.

밤, 아저씨는 정말 해변까지 데리러 와주었다. 강해진 바람 덕분에 구름이 깨끗이 몰려가, 나와 히로시는 해변에서 드러누워 별을 보고 있었다. 둥그런 보름달 때문에 별은 몇 개 보이지 않았다.

「아저씨, 정말 오셨네요」

내가 말하자,

「너희들도 정말 하루 종일, 잘도 어슬렁거리는구나」

라고 사람 좋아 보이는, 얘기 좋아하는 아저씨는 정말 놀랍다는 투였다.

「건어물도 사고, 데니스에서 저녁도 먹었는데요」

나는 말했다. 과연 온몸이 따끔따끔 끈적끈적했다.

캄캄하고 커브길 투성이 고갯마루 길을 올라, 높은 곳에 접어들었을 때, 아저씨가 갑자기 말을 멈추고 〈봐!〉 하고 말했다. 돌아보자, 거기에 새하얗게 둥실 떠 있는 후지산이 보였다.

「예쁘다」

고 우리는 동시에 말하고 숨을 삼켰다. 전망 좋은 곳에 차를 세우고, 셋이 다 내렸다.

「본 적 없겠지만, 달빛으로 보는 후지산이 제일 아름답다구, 하지만 만월에 가깝고 날이 개 있지 않으면 안

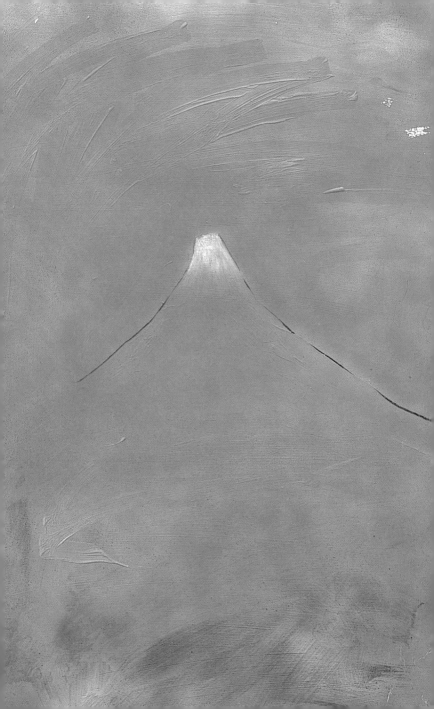

후지산
acrylic, air-brush on paper
© MAYA MAXX 1997

되니까, 너희들은 운이 좋은 거야」

라고 아저씨는 말했다.

후지산은, 어둠 속에 높이 치솟아, 숨을 쉬며 살아 있는 생물처럼 보였다. 산기슭까지 흘러내리듯 유연하고 기다란 선을 그리는 아름다운 자태로, 달빛을 받아 파르스름하게 빛나고 있었다. 낮에 보는 것보다 훨씬 더 요염하고, 만질 수 있을 것처럼 부드럽게 보였다. 기슭에 자리한 마을의 불빛이 복작복작 그 산자락을 수놓고, 하늘에는 달과 밝은 별이 떠 있었다. 그림 같은 경치였다. 거기만 공간의 질이 다른 듯이 보였다. 그 공간은 투명하고, 만지면 끊어질 듯한 소재로 만들어져 있고, 우리들이 살고 있는 세계보다 한 수준 높은 세계의 경치라고 여기고 싶어지는 정경이었다. 저건 후지산이 아니라, 달님이 지상으로 내려와 쉬고 있는 것, 이라고 해도 믿지 않고는 못 배겼을 것이다.

이런 경치를 볼 수 있어서 행운이었다, 고 우리는 입으로 말하지는 않고 생각하였다. 너무도 아름다워 말할 수 없었다. 그 아저씨의, 좋은 것을 사람에게 보여주고자 하는 마음의 은총이었다.

아타미에 도착하여 아저씨와 헤어지고, 기진맥진한

데다 돈도 없는 우리는 후지산의 공기를 가슴에 안은 채, 온천이 있는 러브 호텔에 들어가, 요란스런 침대에서 조그맣게 몸을 웅크리고 개펄처럼 잠들었다.

그리고, 그렇게 어슬렁거리다 돈이 다 떨어진 일주일 후, 집으로 돌아갔다. 여행에도 익숙지 않고 돈도 빠듯했던 우리는 힘에 겨워서, 이제 당분간은 여행하지 않아도 되겠지, 라고 얘기하면서 집에 도착했다. 아무도 화를 내지 않았고, 반응이라고는 엄마가 선물로 들고 간 건어물을 구워준 정도였다.

아버지가 보낸 사람은 할아버지만 만나고, 선물을 두고는 돌아갔다고 한다. 어지간히 썰렁한 만남이었던 모양이다. 아무도 그 일에 관해 자세한 말을 하지 않았다. 히로시의 아버지는 히로시를 몹시 만나고 싶어하고 꼭 놀러와 주기를 바라지만, 지금 그 종교에 들어가 봐야 간부는 될 수 없다, 는 뜻을 정중하게 전하러 왔을 뿐인 것 같았다. 할아버지가 새삼스럽게 무슨 상관이냐고 화를 내어 돌려보낸 모양이었다. 아버지의 사진도, 편지도 없었다. 히로시는 다시금 마음 어느 구석인가로 거의 포기하고 있었던 것을, 더욱 아무래도 상관없다는 선까지 포기하게 되었다.

「히로시, 지금, 지난 번 아타미에 갔던 일, 떠올리고 있었니?」

나는 말했다. 히로시는 아직 잠들지 않아,

「후지산이 참 아름다웠지」

라고 말했다.

「히로시, 내일부터 어떻게 하지?」

「내일, 생각하자. 오늘은 피곤해」

그렇게 말하고, 히로시는, 잠시 침묵하였다.

「하지만, 여행 떠나는 것도 좋을지 몰라. 이제 더 이상 집에서 기다리는 할아버지 걱정 안해도, 되니까」

히로시는 떨리는 목소리로 말했다.

할아버지는, 다정하지도 아이를 좋아하지도 않았지만, 히로시가 성가시다고 캘리포니아로 보내는 짓은 절대로 하지 않았고, 한번도 고통을 호소하지 않았고, 히로시를 끝까지 지켜주었다.

「그러자, 히로시. 히로시가 가고 싶은 데로 가자」

「어디든 상관없어, 나, 사실은 여행도, 기차도 싫어하는 게 아니니까」

「무슨, 동물이라도 보러 갈래?」

「응, 그것도 좋지」

히로시의 눈물이 내 손등으로 흘러, 뜨거웠다. 이제 이 집에서는 할 일이 없으니까, 어디든 갈 수 있어, 라고 히로시는 말했다. 어디로 갈지, 내일, 생각하자, 고 나는 속삭이듯 말했다. 그 목소리도 어둠으로 빨려들어 갔다.

MAYA
MAXX
1997

하늘색 눈물
charcoal, colored-pencil, marker on paper
© MAYA MAXX 1997

아무것도 없는 나날

아침, 둘 다 퉁퉁 부은 눈으로 잠에서 깨어나니, 벌써 11시였다. 평소에는 대개 7시면 일어나는 나와 히로시는, 아연해지고 말았다. 그런 일은, 좀처럼 있지 않았다. 꽤나 피곤했던 모양이지, 라고 서로 얘기했다.

무언가가 우리만 두고 떠나간 듯한 느낌이 들어, 잠시 멍하고 있었다. 날씨는 좋고, 히로시의 오래된 집, 샤워기도 없는 목욕탕에 물을 받아, 환한 속에서 물에 잠겼다. 유리창에 김이 서려, 태양빛을 부옇게 통과시키고 있었다. 낡은 타일 특유의, 정겨운 색조를 가만히 바라보았다. 그러다 문득 정신을 차리니 손가락끝이 불어 주름 투성이가 되어 있었다. 시간 감각이 뒤틀려 있었다. 왠지 얼이 빠져버린 듯한 느낌이 들었다.

몸이 나른해져 밖으로 나와 혼자 뜰에 앉아 있자니 히로시가 옆으로 다가왔다.

히로시가 뜰에 앉다니, 십여 년 만의 일이었다.

나는 거북하여 움칠거리고 말았다.

「여기 앉아, 늘 무슨 생각을 하는데?」

히로시가 말했다.

「진지하게, 많은 것들을 보고 있으면, 아무리 작은 것이라도 그 안에, 뉴스를 보는 것보다 훨씬 더 굉장한 진실이 들어 있다는 것을 알 수 있어」

라고 나는 말했다. 살아 있는 것이 죽기도 하고, 썩어, 흙이 되고, 벌레들끼리 서로 싸우기도 하고, 널어 놓은 빨래에 잠자리가 앉기도 하고, 방금 전까지 맑게 갰던 하늘에 구름이 뭉실뭉실 흘러오기도 하고, 집 안에서 나는 소리로 엄마의 기분이 언짢다는 것도 알고, 재빨리 시장 보러 가주기도 하고, 유심히 보다보면, 바깥에서 구할 필요가 없을 정도로, 마음이 바쁘게 움직이는 법이야, 라고.

「사람은 눈을 보면 알 수 있나봐. 그냥 앉아만 있는 거라면, 그렇게 눈을 또렷하게 뜨고 있을 필요 없겠지. 항상, 여기 앉아서 뭘 보고 있을까, 하고 궁금했었어」

히로시는 말했다.

「산책이라도 할까?」

나는 일어났다.

「응」

히로시는, 어쩐지 전신이 작게 보였다. 조용조용 살고 있는 느낌이었다. 할아버지가 입원하고부터는, 내내 그랬다. 눈으로 말하자면, 이 세상 것은 보고 싶지 않다는 식의, 죽은 눈이었다. 그 눈이 유품 정리가 끝난 날부터는, 얼이 빠져 더욱더 그렇게 되었다. 충격에서 아직 몸이 깨어나지 않아, 마음만 떠다니고, 꿈속에 있는 것처럼 보였다. 언제나 그렇게 활기 있는 타입이라고는 하기 힘들었지만, 지금의 히로시는 빈 껍질이었다. 점점 그림자가 엷어지고, 점점 더 자기가 살고 있는지 어쩐지조차 모르게 되는 것은 아닐까 싶었다.

나도, 가끔, 그런 때가 있었다. 옛날, 학교에 다닐 때는 종종 그랬다. 내 경우는 슬픈 일이 있어 그렇게 되는 것은 아니었다. 너무도 생활이 평화로우면, 몸이 둥실 떠 있는 듯한 느낌이 들어서, 별로 먹거나 마시지 않아도 상관없어지곤 했다. 그런 때, 여느 때 같으면 생생하였을 여러 가지 감정, 예를 들면 친엄마를 공항까지 배웅하고 돌아오는 길의 허전한 기분이라든가, 히로시가 다른 여자애랑 얘기하는 것을 보고 다른 세계를 본 듯한 충격을 받았던 일이라든가, 목욕탕에서 화상입은 손이 물에 닿지 않도록 조심스럽게 들고 있었던 때의 손 저림이라든가, 그런 것들이 모두 아무래도 상관없을 듯 여겨지고, 감정이 엷어지곤 한다. 아아, 내 그림자는 지금, 필시 엷을 거야, 하고 생각한다. 지금의 히로시 는, 그런 때의 나 같은 눈빛이다.

천천히 걸어서, 넓직한 공원으로 갔다. 많은 사람들 이, 조깅을 하기도 하고, 자전거를 타기도 하고, 배드 민턴을 치기도 하고, 잔디밭에서 무언가를 먹고 마시기 도 하였다. 개도 많았다. 눈앞으로 지나가는 여러 종 류의 개들조차, 맥빠진 히로시의 눈을 빛나게 하지 못 했다.

매점에서 맥주를 사서, 잔디밭에 앉았다. 뒤에는 내 가 유독 좋아하는 삼나무가 있었다. 여기도 곧잘 와, 라 고 나는 말했다.

「나는 걸어다니거나, 앉아 있거나, 모르는 사람과 얘 기하는 걸 좋아해. 전에는, 여기서 젊은 엄마가 아기 좀 봐달라고 부탁을 하길래, 좋아요, 바쁜 일도 없으니까 라고 대답하고 그 한살짜리 아이랑 놀아주었는데, 여섯 시간이 지나도 돌아오지 않은 적이 있었어, 할 수 없어서 해가 기울 때까지 어르기도 하고, 지나가는 사람한테 방법을 물어서 기저귀를 갈아주기도 하고, 주스를 먹이기도 하면서 기다렸는데, 그날은 정말 가슴이 두근거렸어. 버린 아이일지도 모른다는 생각이 들어서. 그런데, 한참 날이 어두워서야 엄마가 시장 바구니 가득 시장을 봐가지고 돌아와, 고마워, 라면서 나한테, 5백 엔짜리 동전을 쥐여주는 거야. 웃음이 나오더라. 그 5백 엔이 대체 뭘까 싶어서. 5백 엔이라니…… 뭐에 해당하는 돈일까. 많다느니 적다느니 하는 얘기가 아니고, 그런 상황에서는 주지 않는 편이 낫지. 괜찮다고 말할 틈도 없이, 그 엄마는 쌀쌀맞은 얼굴로 미련없이 가버리고, 나는 허탈한 마음에 멍하고 말았지. 그래서 돌아가는 길에, 5백엔짜리 라면을 사먹었어. 맛있더라」

「마나카쨩도, 실은 여러 가지 일을 하고 있었네. 어떤 인간일지, 별로 생각해 본 적이 없었는데. 내 일로 벅차서」

「우리 평소에는, 별로 얘기하지 않는걸 뭐. 하지만, 그런 게 좋아」

「어째서?」

「어째서일까」

대답이 생각나지 않아 가만히 있었더니, 눈앞으로 테리어가 걸어갔다. 올리브와 똑같은 하얀색이었다. 개주인을 따라 잡아당겨지듯 걸어간다.

「하얀색 개는 더러워지기 쉬운데, 깨끗하네」

히로시가 말하고, 일어나, 그 개를 쓰다듬어주러 갔다. 나도 따라가, 개를 만져보았다. 낯익은 딱딱한 털이, 반가웠다.

「전에 길렀더랬어요」

히로시가 말했다.

뒷모습을 바라보며, 나와 히로시는, 올리브 보고 싶네, 라고 말했다. 그때만은, 히로시도 분명하게 감정을 지니고, 내 옆에 있었다. 그 몇 분 전까지는 빈 껍질이었다.

매일, 5분씩이라도 좋으니까, 그런 시간이 늘어나기를 기도했다.

그리고, 천천히 공원을 빠져나와, 거리를 산책하였다. 히로시와 바깥 길을 걷다니, 정말 오랜만의 일이었다.

「어딘가 멀리로, 걸어가고 싶다, 몸이 지치면, 잠도 잘 올 테고」

히로시가 말했다.

「어디 가자, 여행」

「어디로 가지?」

「오가사하라나, 오키나와?」

「좋아」

「바다가 보고 싶어」

「아타미하고 이토 바다 외에는 텔레비전으로밖에 본 적이 없어」

「그러니……」

「그래서, 그때, 꽤 감동했었는데」

「훨씬 더 굉장한 바다도 많아, 날씨도 좋고, 모래가 예쁜 곳으로 갈까」

「마나카짱은 지금까지 어디어디 가봤는데?」

나는 생각했다.

「수학여행하고, 하와이, 괌, 베트남, 오스트레일리아. 학교에서 간 여행 외에는 전부, 새엄마하고 아빠하고 같이 가거나 친엄마하고 갔어」

「기념 선물하고 사진으로나, 알고 있는 곳이로군」

「외국이라도 괜찮아. 여권 만들래? 일단」

「그도 그렇군, 학교 다니기 시작하면 시간도 없을 테고」

「나도 여행비 벌게」

「나도 저금이 얼마나 되는지 알아볼게」

찬란하게 쏟아지는 태양 빛 아래서, 서로 말은 그렇게 하지만, 진심이 될 만큼의 활기는 아직 없었다. 소꿉장난 같은, 더 정확하게는 주술 같은 것임을 알고 있었다. 그렇게 앞날에 있을 즐거운 일을 중얼거리다 보니, 어느 순간 새로운 바람이 불어와, 저, 손쓸 수 없을 정도로 텅 비어 있는 집을 잊을 수 있었다.

며칠 후부터 히로시는, 한 동안 혼자 있겠어, 라면서, 낮에는 얼굴을 내밀어도 밤이면 혼자서 집에 있는 일이 많아졌다.

나는, 여행을 떠날 날이 왔을 때를 위하여 돈을 좀 모으려고, 동네 슈퍼마켓에서 카운터 일을 시작했다. 한 동안만이라고 마음을 다잡고, 매일 몇 시간 동안 기계처럼 계산대를 두드리고 봉투에 물건을 담을 뿐이라, 견딜 수가 있었다. 밤에는 엄마가 번역하는 책의 초벌 번역을 평소보다 많이 했다. 나야말로, 그때, 히로시가 죽는 꿈을 꾼 고등학교 시절에 이어 두번째로, 우리 사이의 위기감에서 눈을 돌리고 싶었던 것이라고 생각한다. 불안했다. 불안한 때를 한가롭게 지내면, 마음이 몸을 떠나, 점점 불안에 힘이 실리고 만다.

그리고 그 불안은 나로 하여금 어떤 행동을 꾀하게 하는데, 그것은 대개 별볼일 없는 결과를 초래한다. 그렇다는 것을, 나는 역시 뜰에서 배웠다. 혹 나의 많은 것들이 전부 잘못된 것은 아닐까 하고 생각될 때, 나는 역시 늘, 사계절의 변화가 마치 다도(茶道)처럼, 어디 한 군데도 빈틈없이 한 가지 일이 그 다음으로 흘러가는 것을 늘 뜰에서 보고 있었다고 생각한다. 피고 지는 꽃도, 땅으로 떨어지는 낙엽도, 그 다음에는 모두 어느 틈엔가, 먼 곳에서 연결되어 있다. 인간만 그렇지 않은 경우도 있을까, 생각하고, 마음을 다잡았다.

그래서, 히로시가 힘들어할 때는, 무심하게 지내기로 하였다. 그저, 지금 할 수 있는 일을 하고, 후회하지 않도록 주의하는 일에만 집중하고 싶었다.

되돌이킬 수 없는 일은 하지 않도록.

사람들은 자신의 나약한 마음을 위로하고 싶어서인지 어째서인지, 흔히들 되돌이킬 수 없는 일 따위 없다고 말하곤 한다. 그러나 아주 자그마한 착오로, 깜박하기만 해도, 되돌이킬 수 없는 일은 많이 생긴다. 생명이 걸려 있는 경우에는 특히 그렇다는 것을 실감하게 된다. 할아버지에게 그런 일이 생길까 봐 바깥 출입도 안하려고 한 히로시는, 지나쳤다고는 생각하지만, 그 점을 분명하게 알고 있다.

사람들은, 되돌이킬 수 없는 일이 얼마든지 많아도, 살아갈 수밖에 없다는 것만 말할 수 있다.

서서 하는 일이 피곤한 탓인가, 며칠 동안, 밤에는 히로시를 만나지 않고 방에서 잤다. 사실은 왠지 마음이 떠나가는 것이 서글퍼서, 억지로라도 얼굴이 보고 싶었다. 하지만, 들짐승이 동굴에 꼼짝 않고 틀어박혀 상처를 치료하듯, 주변에 신경 쓰지 않고 혼자인 것이 지금의 히로시에게는 가장 중요한 일이라고 생각하고, 낮에만, 단 것과 반찬을 들고 히로시에게 갔다. 히로시는 웃고는 있어도, 안색도 좋지 않고, 마음이 여기에 있는 것 같지 않아, 만져도, 멀게 느껴졌다. 뜰을 가르는 대나무 울타리보다도, 내 방 창문보다도, 우리 둘을 가르고 있는 것은 컸다. 차나 커피를 마시고, 명랑한 대화를 잠깐, 갈지 안 갈지 모르는 여행의 일정과, 아르바이트에서 생긴 웃긴 이야기를 하고, 돌아왔다.

때로, 우리는 이대로, 이 서먹서먹함을 어쩌지 못하고, 이렇게 조금씩 멀어질지도 모른다고 느끼는 일이 있었다.

그 밤은 좀처럼 잠을 이루지 못하다가, 얕은 잠 속, 몇 번이나 몇 번이나, 같은 꿈을 꾸었다.

히로시가 창문을 노크하는 꿈이었다.

나는 잠이 와 어쩔 줄을 모르면서도 눈을 뜨고, 창문은 열려 있는데, 이상하네, 라고 생각하며 창문을 보니, 창틀에 타다 남은 그, 제단에서 나온 끔찍한 종이 조각이 끼여 있어, 창문이 열리지 않았다. 꺼내려고 하는데 몸도 움직이지 않고, 목소리도 나오지 않는다. 음 그러니까, 이런 때는, 이 종이의 출처가 외국이니까, 십자가여야 하나, 우리 집에 그런 게 있었던가, 하고 생각하고 있는데, 발치에서 올리브의 신음소리가 났다. 아아, 올리브! 지켜주고 있었구나, 하고 생각하자 눈이 떠진다.

그런 꿈을 몇 번이나 거듭 꾸다보니, 나중에는 뭐가 뭔지 알 수 없게 되었다. 혹 이 꿈, 그 제단을 없앤 저주일까…… 싶어 일어났더니, 동쪽 하늘이 밝아 있었다.

나무들 너머로, 조그만 빛이 찾아오는 한 순간, 하늘
만이 아침을 데리고 오는 시간. 목이 굉장히 말랐다. 동
쪽 하늘의 색을 바라보다가, 지금 자신의 갈증을 해소
시켜 줄 수 있는 음료는 복숭아 주스밖에 없다, 는 결
론에 도달했다. 그래서 나는 눈 아래가 거뭇거뭇해진 얼
굴로, 잠옷을 입은 채 편의점까지 걸어갔다. 새소리
가, 낭랑하게 들려왔다. 걸으면서 복숭아 주스를 꿀꺽
꿀꺽 마시고, 나는 생각했다. 저주 따위 무섭지 않아, 다
만, 올리브의 신음소리가 귓전에 남아 애달프다고.

살며시 문을 열고, 희붐한 뜰에 발을 들여놓는다. 이
렇게 조그만 자연도, 자연은, 한밤과 새벽녘에는 광폭
함을 띤다. 아침 햇살을 받기 전의 나무들이 힘을 저장
하고, 인간이 다가서지 못할 만큼의 박력으로 조용히
호흡하고 있는 것을 느낀다. 야성의 힘.

나는 동백나무 아래 정원석에 기대어, 아침을 기다렸다.

아직, 주스가 많이 남아 있어, 줄지은 개미를 털어내
고 마셨다. 달콤하고 차갑고, 상큼했다.

멍하니 하늘을 올려다보고 있어서, 히로시가 다가오
는 줄도 몰랐다. 파란 잠옷을 입고 파르스름한 어둠 속
에 서 있는 그의 그림자가 엷어, 마치 뜰에 녹아든 무슨

정령처럼 소리없이 다가왔다.

「잠 못 잤어?」

나는 말했다.

「응, 요즘 내내」

히로시가 말했다.

「줄곧, 눈을 뜨고 누워 있기도 괴롭겠지」

나는 말했다.

「응. 잠을 못 잔다고 해서 곤란할 것은 없는데, 점점 궁지에 몰리는 듯한 기분이야」

히로시가 말했다.

「술이라도 마셔보지 그래?」

나는 말했다. 새벽녘의 대화는, 왠지 목소리가 불투명하여, 온 세계가 귀를 쫑긋 세우고 있는 듯한 느낌이었다.

「마셔봤는데 속만 울렁거리고 토하고, 그래서 점점 더 잘 수 없었을 뿐이야」

「그랬어」

「그보다, 네가 마시는 그것 좀 줄래?」

「응. 차도 있고, 김밥도 있어」

「먹고 싶다」

히로시는 복숭아 주스를 마시고, 나와 절반씩 김밥을 나누어 먹고, 차도 마셨다.

싸늘한 대기 속, 맞닿은 어깨가 따스하여, 전에 없이 아주 편안한 기분이었다. 오랜만에 함께 있는 듯한 느낌이 들었다.

엉덩이 아래에는, 올리브와, 히로시와 피를 나누었을지도 모르는 사람의 뼈가 잠들어 있다.

히로시는 이 세상에 틀림없이 살아 있고, 잠을 못 이루고, 옆에서 뜨거운 차를 마시고 있다.

「어차피 언젠가는 영원히 잠들 텐데 뭐. 걱정 없어」

라고 내가 말했더니, 히로시가 울기 시작했다. 우는 것은 고통스럽고, 체력도 소모된다. 토하는 것과 아주 흡사하다. 하지만 그토록 지치고 피곤한데도 울 수 있는 히로시의 생명력은, 의외로 강한 게 아닌가 생각하였다. 사람은 어린 시절 마음껏 울지 않으면, 몸이 이상해진다고 한다. 넘어져서 울어도, 억지로 울음을 그치게 하지 않는 편이, 심신의 발달에 좋다고 한다. 히로시는 지금 울 수 있는 장소를 찾았으니, 얼마든지 울어도 좋으리라고 생각했다.

내 말이 너무 심했니? 라고 사과하자, 아니야, 라고

히로시가 말했다.

「이번에는, 마나카짱도 언젠가는 죽을 것이라는 생각을 했더니, 무섭고, 두려워서 어쩌면 좋을지 모르겠고, 또, 외출이나 학교에 가는 것이, 끔찍하게 여겨지고, 또, 그 걱정만 하며 벌벌 떨던 날들이 다시 시작되는 건가 하고 생각했더니, 모든 것이 싫고, 그래서, 그런 일이 다시 시작될 정도라면 차라리, 마나카짱이랑 같이 죽어버릴까, 싶은 생각이 멈추지 않아서, 하지만, 죽이거나 동반 자살 말고, 같이 죽을 수 있다면 마나카짱이 죽는 것을 보지 않아도 되니까, 얼마나 좋을까 하고 생각했을 뿐이야」

「그런 거 싫어. 혼자서 죽어」

나는 말했다. 마음속으로는, 지금까지 한번도 병적인 구석이 있다고 생각지 않았던 히로시가, 거의 수렁에 빠져 있음을 절실하게 느꼈다. 그는 자기 생각이나, 짧은 기간에 생각한 것을 쉬 말하지 않으므로, 입에 담을 때는 언제나 진심이다. 수렁 속에서는 모든 망상이 현실감을 띤다.

「그렇게 해도 내가 죽는 거 보지 않을 수 있잖아?」

히로시는 침묵하고 있었다.

「나는, 지금, 살아 있어. 네가 걱정해 주지 않아도, 죽을 때가 되면 죽을 것이고. 히로시는 말이지, 지금, 할아버지가 돌아가셔서, 걱정할 일이 없어져서, 걱정하는 날들에 익숙해져 있으니까, 그래서 다른 형태의 삶이 두렵게 느껴지는 것일 뿐이야」

나는 말했다. 나는 실제로 할아버지가 몸을 떠나가는 순간의 공포감을 맛보지 못했으므로, 히로시가 얼마나 충격을 받았을까를 생각하면, 사실은 가엾었다. 하지만 그렇게밖에 말할 수 없었다.

「시험삼아 나, 브라질이나 어디 아무튼 위험한 곳으로 혼자 갔다가, 돌아와볼까? 하지만, 죽어야 할 때라면, 이곳에서도 죽어. 히로시가 걱정을 하든 안하든」

히로시는 알고 있어, 라고 말했다.

「그렇게, 몸에 붙어 있는 사고 방식에 구애받지 말고, 올리브랑 살았을 때처럼, 느긋하게 살자. 살다보면, 지금의 충격을 다 잊은 것처럼 여겨질 때도 올지 모르잖아. 사실, 히로시는 내내 그렇게 지내왔지만 사실은 벌써 싫증이 나 있을 거야. 할아버지를 대신할 수 있는 뭔가를 찾아내서 또다시 벌벌 떨면서 산다면, 왜 살아 있는지조차 알 수 없게 되잖아. 사람 사는 일에는, 슬픈 면도 있지만 좋은 면도 있을 거야. 할아버지가 돌아가신 것은 슬픈 일이지만, 그렇게 끔찍하고 고통스럽게 죽어간 것도 아니잖아. 그리고 히로시는 앞으로는 더 이상 걱정하지 않아도 돼고. 이제부터가, 히로시의 인생이라고 할 수 있을지도 모르는데, 왜 그렇게 슬픈 말만 하는 거야?」

히로시는 내 가슴에 얼굴을 묻고, 하염없이 울었다. 눈물이 잠옷을 입은 내 가슴께와, 지면을 적신다. 마치 죽은 이를 위해 드리는 불공 같았다. 이 또한 헛되지 않은 일일지도 모른다는 생각이 들었다. 히로시의 눈물은 속속 대지로 빨려들어가, 죽은 자들을 위로한다. 아마도 분명, 할아버지에게도 가 닿을 것이다. 히로시의 오랜 소망, 무념, 외로움. 모든 것이 이 눈물 속에 녹아 있다. 핥아보니, 찝찔했다.

마술 같은 파란색 공기에 서서히 아침 햇살의 명랑한 기운이 섞이기 시작했다. 그리고 새벽은 무엇을 고백해도 용서받는 애매한 시간이었다. 꿈과 현실의 경계에서, 히로시는 그저 울기 위해 울었다.

SUDDENLY

I FEEL LONELY

문득 외로움을 느끼다
oil on paper
© MAYA MAXX 1997

꽃다발

　그런 날들 가운데, 이번에는 내가 감기에 걸려 몸져 눕고 말았다. 일주일을 쉬었더니 아르바이트도 짤렸다. 하지만 나는 그런 데 연연할 때가 아니었다. 높은 열과 두통에 시달리느라, 매일 잠도 제대로 자지 못했다. 병원에 가서 굵은 주사를 맞고 약도 잔뜩 받아왔지만, 나빠지기만 할 뿐, 열은 겨우 몇 시간 동안만 떨어졌고, 온몸이 아팠다.

　「히로시 일로, 너무 신경을 많이 써서 그래」

　엄마가 말했다.

　「그만큼 낙담한 사람이랑 같이 있으면, 건강한 사람이 탈이 나지」

　엄마가 바쁜 때여서, 나는 매일 내 손으로 죽을 끓였다. 몸이 너무 안 좋아서 죽밖에 끓일 수가 없고, 시간은 많았기 때문이다. 엄마는 매 끼니마다 기꺼이 죽을 먹었다. 그러곤 한밤에 약 먹을 시간이라며 깨워주었다. 그렇게 깨우러 온 엄마와 아이스크림을 먹는 것이 유일한 오락이었다. 어린 시절로 돌아간 듯하여, 간혹 눈물이 나왔다. 엄마가, 한밤에 생긋생긋 웃으면서, 〈엄만 죽어도 말차(抹茶) 아이스크림 먹고 싶으니까, 넌 바닐라다〉라며 깨우러 오다니, 오랜만이었다. 역시, 결혼을 하고 나면, 서로가 마음 한 구석으로 새로운 가족의 단위를 상상하여, 눈에 보이지 않는 벽이 생기는 건지도 모른다.

히로시는 이따금 창문을 넘어 왔지만, 지금의 히로시한테 이렇게 심한 감기까지 옮겨서야 안 되지 싶어서, 되도록 방에는 들어오지 못하게 하였고, 키스도 하지 않았다.

그랬더니, 어느 아침, 동화처럼, 창가에 조그만 풀꽃 다발이 놓여 있었다. 소리없이 창문을 열고, 내가 깨지 않도록 살짝 놓아두고 간 것이리라. 햇살을 받아 약간 시든 토끼풀이 조심스럽게 다발져 있었다. 다음 날에는, 강아지풀과 이름 모를 노란 꽃이 섞여 있었다. 매일 풀꽃의 종류가 바뀌었다.

아마도 히로시는, 매일 개를 보러 공원에 가겠지, 하

고 나는 생각했다. 서로가 다른 장소에서 싸우고 있는 듯한 느낌이 들었다.

오랜 세월 매일 얼굴을 마주하고, 싫어하는 부분까지도 전부 알고 있어, 그 사람이 있음으로 하여 제한받는 일도 상당히 많았다.

그런데도 매일 한번, 고양이가 참새를 잡아오듯 어김없이, 알갱이처럼 작은 꽃들이 조그맣게 다발져진 마른 풀꽃 다발이, 창가에 어느 틈엔가 소리없이 놓여 있는 것을 보면, 가슴이 쥐어드는 것은 어째서일까?

쉰 덕분에, 나는 꽤나 좋아져서, 죽과 아이스크림이 아닌 것도 맛있다 느끼게 되었다. 그리고 그날은 마침 히로시도 저녁을 먹으러 온다고 하였다. 아버지는 출장이라 없었다. 엄마는 분발하여, 고추와 모시조개 스파게티를 만들었다.

나와 히로시는 거실에서 텔레비전을 보았다. 바다를 다룬 프로그램에서, 돌고래가 헤엄치는 모습을 한참이나 방영하였다. 돌고래는 멋들어지게 줄지어, 점프도 하고, 놀고, 미끄러지기도 하면서, 신나게 헤엄친다, 는 식으로 헤엄치고 있었다. 나는 말없이 화면에 넋을 빼고 있었다. 히로시도, 잠자코 보고 있었다.

「그러고 보니까,」

한참 후, 화면이 돌고래에서 돌고래 학자로 바뀌었을 때, 히로시가 말했다.

「나, 여권 만들었어. 괜찮으면, 어디 가자」

「어느새?」

「마나카쨩이 감기에 걸려 누워 있는 동안에」

「어머나」

「가능하면 학교가 시작되기 전에 가고 싶은데」

히로시가 말했다.

「학교도 신청했어?」

「응」

「무리하는 거 아냐?」

「언제까지고 집 안에 있어봐야, 그렇잖아」

히로시는 마치 보통 청년 같은 말을 하였다.

「마나카 엄마한테 가면 되잖아, 그럼 안심도 되고」

엄마가 음식을 만들면서, 큰 소리로 말했다. 지금밖에 기회가 없다고 생각하여 서둘러 그렇게 말하는 듯한 눈치였다. 엄마도, 요즘 위태위태한 우리들을 보고 있을 수만은 없다고 생각한 것이리라.

「우리 엄마한테 갈래? 브리스벤. 돌고래도 있을 텐데」

나는 말했다.

「좋아. 나 외국에 나가는 거 처음이니까, 거치적거리지 않으면 다행이겠다」

「괜찮아. 전에 간 적 있으니까」

히로시와의 여행은, 늘 갑작스럽게 정해진다. 나는 여전히 여러 일들에 놀라고 있었지만, 뭐라 말해야 좋을지 몰라 화면 속의 돌고래를 보았다.

나는 엄마와 히로시와 테이블에 둘러앉아, 매운 파스타를 먹으면서 맛있다, 고 생각했다. 아이스크림이나 죽이 아닌 무언가가 맛있게 느껴지는 날이 오다니, 거짓말 같았다.

나는 비행기 티켓을 알아보기로 하고, 히로시는 여권을 가지러 집에 갔다. 갑자기 마치 아무 일도 없었고, 줄곧 활기차게 생활해 왔던 것 같은 분위기가 되었다. 나는 아직도 잠옷 차림이고, 야위어 여전히 조금은 휘청거리고 있는데.

「마나카짱, 엄마가 혹 쓸데없는 말을 했다면…… 가라느니 말라느니, 미안하다」

히로시가 없는 동안 엄마가 느닷없이 그런 말을 하였다. 설거지를 하느라 잘 들리지 않아서,

「뭐가?」

라고 말하자,

「브리스벤에 가고 싶은 거 아닌데 얘기가 그렇게 돼 버리고 만 거 아닌가 해서」

라고 엄마는 말했다.

「그런 거 아니야. 오히려 기뻐」

나는 말했다.

「그렇담 다행이고, 기분전환이라도 하는 편이 좋겠다 싶었어. 왠지 모르게」

엄마는 웃으며, 자기 방으로 돌아갔다.

이런 때, 핏줄이 다르다는 것은 어쩌면 이런 일을 두고 하는 말인지도 모르겠다, 고 생각한다. 나를, 부추겨주어서, 정말로 기뻤는데 말이다.

그냥 보통 때처럼 하고 있는데 무리를 하고 있는 듯이 보인다면 문제, 라고 나는 생각했다. 그러나, 나한테는, 언제나, 대개의 경우, 모두가 무리를 하고 있는 듯이 보였다. 왜 그렇게들 애를 쓰는지, 무엇을 향하고 있는지, 알 수 없었다.

그렇다고 내 인생이 그렇게 멋진 일들로 충만해 있는 것도 아닌데. 나의 인생은, 뭔가 반짝반짝하는 것이 지나가고 난 다음의, 아련하게 반짝이는 꼬리 부분만을 향유하고 있다는, 느낌이 들었다. 물론 살아간다 함을 안이하게 여기는 것은 아마도, 아니다. 나는 절대로 엄마의 일이나 엄마의 상태보다도 나 자신의 기분을 우선시하지 않는다. 왜냐하면 그 일을 함으로 하여 이 집에 있을 수 있기 때문이다. 예를 들어, 아무리 권해도, 나는 가지도 않을 대학에 가기 위한 헛된 돈을 부모한테 쓰게 하지는 않았다. 그리고, 어떤 상황에서든 기본적으로, 히로시가 하는 말을 무시하거나 하지 않는다. 기분이 어떠하든, 건강에는 신경을 쓴다. 나는, 아주 현실적이다. 그렇지 않으면 뜰은 나에게 명상을 선사하지 않고, 뜰의 풍경은 풀어진 마음의 연장선으로 아무렇게나 흘러가버리는 아름다운 꿈의 공간이 되어버리고, 부모는 그다지 평범하다 할 수 없는 경력을 지닌 나를 사랑하면서도 마음 어느 한 구석으로는 쫓아내고 싶어졌을 것이다. 그러고는 할머니가 되어서도 자기 자신에게만 잠겨 뜰에서 지낼 것이다. 나는, 그렇게 약하지는 않았다. 그런데도, 그렇게나 현실을 응시하려 하는데도, 나는 느끼는 때가 있었다.

이대로 가면, 많은 일이 있어도 이 느낌은 없어지지 않고, 이런, 이렇게 반짝반짝 아름다운 꿈을 볼 만큼 보다가 이 세상에서 사라져가는 일이 용납될지도 모른다, 고.

그런 것이야말로, 별로 재미있지도 신나지도 않게 그저 꾸준히 지내온 나에 대한, 뜰과, 자연과, 조촐한 행복과…… 그런 것들이 가져다준 마술, 은총이라고 생각한다.

그 이후로는 여행만 생각하며 지냈다. 히로시의 번쩍번쩍 빳빳한 여권과, 새 사진을 보고 있노라니, 왠지 밝은 기분이 들어 기뻤다. 브리스벤에 있는 엄마한테도 전화를 걸었다. 목적을 향해 반듯반듯 현실이 움직이고 있음을 알 수 있었다.

히로시는 내 방에서 자게 되었다.

어느 밤, 불을 끄고 자는데, 창문으로 불어오는 바람에 불현듯, 말려두었던 히로시 작(作) 꽃다발의 향내가 코를 스쳤다. 나는 생각이 나서,

「지난 번에는 매일, 꽃 고마웠어」

라고 했더니,

「만드는 게 재미있어서, 조그만 꽃을 따러 멀리 강가까지 갔었어」

란 대답이 돌아왔다.

「네 잎 클로버도 있더라」

고 말하자,

「비교적 금방 찾았어」

라고 했다.

「고마워, 굉장히 기뻤어, 잘 자」

「잘 자」

어둠 속, 히로시가 만들어준 꽃다발들의, 마른 내음이 상큼하게 떠다니고 있었다.

꽃다발
acrylic, charcoal on paper
© MAYA MAXX 1997

두번째 허니문

비행기 속에서 히로시는 말이 없었다. 나도 결코 비행기를 좋아하는 것은 아니지만, 타인의 마음 깊은 곳의 괴로움을 피부로 느끼자, 자신의 괴로움이 대수롭지 않게 여겨졌다. 그렇긴 해도 히로시는 어른이었다. 결정한 일은, 아무리 싫어도 불평하지 말자고 생각한 것이리라. 나한테 화풀이도 하지 않고, 그저 집 안에 틀어박혀 몸을 웅크리고 시간을 보냈으므로 감탄했다. 가엾다는 생각도 들었다. 내가 싫을 때 투덜거릴 수 있는 것은, 그럴 수 있는 환경에서 자랐기 때문이라고 생각했다.

아무튼 도착해 보니 브리스벤 공항은 막 새로 지어 아름답고, 아침 햇살은 짙은 녹음에 싸여 끝없이 이어지는 대지로 호쾌하게 쏟아지고, 우리는 로비에서 엄마를 기다렸다. 히로시의 안색도 조금씩 좋아졌다.

옛날에, 나 혼자서 브리스벤에 놀러 왔을 때의 즐거
웠던 일을 히로시한테 많이 얘기했다. 그 일이 히로시
안에서 오랜 시간 씨앗으로 잠들어 있었기에, 장소가
쉬 정해진 것인지도 모르겠다고 생각했다. 그때는 내가
생각해도, 너무 말이 많은 건가 싶을 정도로 흥분하여
주절주절 떠들었는데, 말해 두길 잘했다고 생각했다.
친엄마에 대해서도, 만난 다음에는 히로시에게 곧잘 얘
기했다. 새엄마는 친엄마와 내가 만나서 뭘 했는지 듣고
싶어하는 것 같아도, 하지만 실은 다소 듣고 싶어하지
않는 것 같기도 하여, 말하기 거북했다. 그래서, 즐거
웠거나 재미있었던 일 외에 감동한 일은, 히로시에게
말했다.

엄마의 남편은 자연화장품 회사를 경영하고 있어서, 엄
마는 상품의 포장 디자인이나, 광고용 일러스트를 그리
는 일을 하고 있었다. 그 회사는 장차 일본에도 지점을
낼 계획이라서, 둘이 가끔 일본을 찾아오기도 하였다.
엄마는 애초부터 내 생일이나 무슨 기념일에는 정성스
럽게 편지를 보내주고 전화도 걸어주었기 때문에, 나
는, 집을 나간 사람은 보통 딸과 그렇게 솔직하게 교류
하지 않는다는 것을, 다른 집 경우를 보기까지 모르고

지냈다. 아빠나 새엄마도 전혀 꺼려하는 기색이 없었다. 엄마의 편지는 늘 감정적이고 파란만장하고, 의논거리가 씌어 있기도 하여, 마치 어른이 아닌 듯한 느낌이 들어서 흥미로웠다.

고등학생 때 만난 어느 밤의 일이다.

크리스마스가 머지않을 때였다. 일본을 찾은 엄마는, 나한테 값비싼 목걸이를 사주었다. 지갑에서 돈을 꺼낼 때의 그 손놀림이 나와 너무도 비슷하여, 나는 넋을 잃고 쳐다보았다. 유전, 유전이라고 하지만, 눈에 보이는 것일수록 알기 쉽다. 아아, 내 안에 살아 있는 이 사람의 세포가, 같은 동작을 추구하여 밖으로 드러나는 것이라고 실감하였다. 가게 사람들도, 세일러 복 차림의 나에게 값비싼 물건을 사주는 엄마를 보고, 참 좋은 엄마시네요, 라고 말했다. 따님이 엄마를 꼭 닮았어요.

우리는 키득키득 웃었다.

몇 년에 한번은 만났으므로, 그때도 긴장은 하지 않았다. 둘이서 식사를 하면서, 나는 곧 결혼할지도 모른다, 고 말했다. 엄마는 아이 가졌니? 라고 물었고, 그렇지도 않은데 고등학생이 결혼을 생각하다니 이상하네, 라고 말했다. 너, 너무 나이 든 것처럼 행세하는 것 아니니? 나중에 좋아하는 사람 생기면 어쩔 거야? 지금까지 몇 명하고 사귀었는데? 라는 둥 친구처럼 질문해 댔다. 몇몇 사람과 좋은 만남이 있기는 했지만, 항상 히로시가 방해를 하든가 방해가 돼서 여기까지 왔고, 여러 가지 사정도 있으니까, 좋아하는 사람이 생기면 그때 서로 얘기 나눌 거야, 라고 내가 대답했더니, 아하하하, 귀엽다. 노부부 같아, 라며 엄마는 웃었다. 그 좋을 대로 하라는 투며, 웃음이 번진 얼굴의 느낌이 나를 무척 푸근하게 하였다. 모두들 같은 질문을 하고, 똑같은 식으로 반응하는 것을 대하다 보면, 스스로는 아무렇지도 않게 생각하는 일이라도 어느 틈엔가 무거워지곤 하는데, 히로시에 관한 한, 나로서는 간단히 말할 수 없는 장르라서, 늘 개운치가 않았다. 그런데, 엄마의 웃는 얼굴은 기분이 좋았다.

그리고 눈이 내릴 것처럼 추운 긴자 거리를 걸어, 호텔까지 데려다 주었다. 엄마는, 있지, 마나카짱, 손 잡아도 돼? 라고 물었다. 나는 새엄마나 히로시와도 그런 적이 없다고 말했다. 그러나 엄마는 억지로 내 손을 잡았다. 할 수 없어서, 마음을 바꾸어 즐겁게 걷기로 하였다. 그 손의 따스함과 공기의 싸늘함, 길 가는 사람들의 하얀 숨, 밤하늘을 배경으로 솟아 있는 와코 백화점, 미츠코시 백화점을 올려다보며 어째 외국 같네, 하고 생각한 것도, 잡은 손을 앞뒤로 흔들며 노래를 불렀던 일도, 정작 그때는 별일 아닌 것처럼 여겨졌는데, 인상에 깊이 남아 있다. 즐거웠던 것이다.

지난 일을 떠올리며, 그때 느꼈던 것보다 훨씬 더 즐거워질 수 있어, 그 사람의 소중함을 아는 때가 있다.

공항에 나타난 엄마는, 놀랍게도 임신중이었다. 벌써, 당장이라도 아기가 태어날 것처럼 배가 둥그렇게 부풀어 있었다. 굉장한데, 나와 절반은 같은 피가 흐르는 갓난 아기, 귀엽겠다, 다음 만날 때는 이 손으로 안을 수 있으리라 생각하니, 왠지 정신이 아득해지는 듯한 기분이었다. 이 세상은 아주 넓고, 아주 많은 가능성으로 가득한 듯한 느낌이 들었다.

엄마는 우리를 차에 태우고, 쌩쌩 시내를 향했다. 그리고 맨션에 도착하자 무지막지한 속도로 자기 소개를 하고, 실내를 설명하고, 커피를 휙 끓이고, 지금 당분간 아틀리에는 사용하지 않는 상태니까, 둘이서 마음대로 사용해도 좋아, 라고 말하고, 약속이 있어서, 오늘은 나가지만, 내일 저녁 같이 먹자, 밤에 전화할게, 라고 말하곤 나갔다. 폭풍 같은 만남이었다. 나는, 몇 년 전에 엄마의 아틀리에인 그 맨션을 찾아온 적이 있어서, 대충은 알고 있었다.

히로시는 아직도 얼이 빠진 듯 멍하고 있었다. 무리도 아니었다. 바로 어제까지 집에 틀어박혀 할아버지의 유품을 정리하고 있었는데, 느닷없이 뜰도 다다미도 눅눅한 바람도 없고 천장만 높은 휑한 방에 내던져졌으니, 아마 꿈을 꾸고 있는 듯하리라. 나는 비행기 안에서 별로 잠을 자지 못하여 피곤했기에, 잠시 자기로 하였다. 담요를 들고 와 바닥에 벌렁 눕자, 히로시도 내 다리 쪽 끝으로 들어와, 우리는 엇갈려 누워 천장에 난 창문을 올려다보았다.

「왜 침대에서 제대로 자지 않는 거지?」

히로시가 물었다. 목소리가 매우 졸린 듯하였다.

「여긴 이불밖에 없고, 깔기가 귀찮잖아. 그리고 정말 잠들어 버리면, 내일 아침까지 자버릴 것 같아서. 나중에, 산책 정도는 해야 할 것 아니야?」

나는 대답했다.

「하늘이 눈부셔서 어떻게 자」

「괜찮아, 이렇게 누워 있기만 해도 피로가 좀 풀릴 테니까」

「마나카짱도, 언젠가 엄마처럼 풍만한 가슴을 갖게 되려나?」

「엄마는, 임신했으니까 그렇지. 하지만 언제든 임신만 시켜주면 나도 글래머가 돼줄게」

「아직 좀, 이른가. 돈도 없고」

「하긴 그렇지」

라는 둥 엉뚱한 소리를 하고 있노라니 잠이 쏟아져, 어느 사이엔가 기분 좋게 잠들고 말았다. 창문으로 상쾌한 바람이 들어와, 눈을 감고 있는데도 옆에 있는 히로시의 다리를 느낄 수 있었다. 또, 나이를 잊었다. 옛날에도 곧잘 그렇게 낮잠을 잤었다.

문득 눈을 뜨니 히로시가 나를 빤히 보고 있었다.

「지금, 낯선 곳에서 눈을 떴더니, 낯익은 마나카짱이 있고, 지금이 대충 몇 시인지도 모르겠고, 굉장히 이상한 기분이었어. 이런 꿈을 종종 꾸는데, 하늘이 너무 파래서, 지금 여기 있다는 게 꿈만 같아」

「나도 그래」

잠이 덜 깬 목소리로 내가 대답했다.

「침이 흘러나왔어, 거기」

「고마워」

「지금, 얼굴을 보고 있었더니, 마나카짱이 동백나무 아래 서 있는데, 무릎이 흙투성이고, 임신한 모습이었어」

「미래 모습인가」

「글쎄」

그때 두 사람은 어쩌고 있을까, 하고 아마도 둘 다 동시에 생각했으리라. 저녁 햇살이, 지금이란 단 한번밖에 없는 것이라고 말하려는 듯, 어질어질 변하는 색깔과 함께 창문으로 들어왔다. 강한 광선이 방안에 있는 모든 것을 마술처럼 금색으로 바꾸어갔다. 낯선 가구, 낯선 색의 천장…… 앞 일은 아무도 모른다. 지금이란 상황의 무게를 적당히 해방시킬 수 있다면, 대부분의 일은 즐겁게 여겨진다. 본 적도 없는 미래의 상황을 그린 화면을 상상하기보다는, 지금의 광선 쪽이 아름답고 강했다. 늘 그랬다.

휘이휘이 브리스벤까지 와서, 히로시가 저녁 때 먹고 싶어한 것은 펜네 아라비아타였다. 이번에는 파스타류에 홀딱 빠진 모양인데, 어쩌다 그렇게 되었는지는 금방 알 수 있어서, 그 솔직함이 기꺼웠다. 조금씩 마음이 강해지고, 강렬한 것도 받아들일 수 있도록 밖을 향하기 시작한 상징인 듯한 느낌이 들었다.

우리는, 놀랄 만큼 가벼운 차림으로 밖에 나갔다. 즉, 지갑만 달랑 가지고, 샌들을 신고. 그런 식으로 거리에 나가, 처음으로 이 도시의 색을 화들짝 떠올렸다. 예를 들면 이 장소가 지닌 생활하기 편한 풍요로움과, 너무 높고 너무 투명한 하늘과 따분하고 쓸쓸한 분위기가, 비로소 직접적으로 느껴졌다. 그 장소에 실제로 서보지 않으면, 생각나지 않는 일이 있다, 그 일을 되살아나게 하는 그런 순간을 좋아했다. 자유로운 느낌이 들었다.

엄마네 집에서 10분 정도 걸어서, 화려하다 말해도 좋을 만큼 번쩍거리고, 관광지다운 쇼핑 몰이 끝없이 이어지는 곳에 도착했다. 우리는 슈퍼마켓에서 먹을 거리를 샀다. 그때는 정말 집중하여 많은 것들을 보았기에, 그리고 옆을 보니 낯익은 히로시가 있기에, 나는 또 외국에 있다는 것을 잊고 말았다.

무슨 영문에선지 쇼핑 몰 한가운데 카페가 있어, 목

이 말라 거기에서 오스트레일리아산 맥주를 마셨다. 그랬더니, 생각보다 피곤했던 탓인가 금방 취기가 돌고, 얼굴이 빨개졌다. 보니, 히로시도 새빨겠다. 저녁 해를 받고 있나 싶을 정도였다. 쇼핑 몰을 오가는 사람들은 다들 생활 속에 있다는 식으로, 목적지를 향하여 밝은 분위기로 걷고 있었다. 해질녘에는 모두가 행복하게 보인다. 외로운 사람조차, 갈 곳 있는 인파에 휩싸여 있으면 마음이 푸근해지는 것일까. 가게 사람들은 문 닫을 준비로 하루의 피로를 녹여내고, 레스토랑과 술집은 활기차게 장식 전구를 켠다. 이렇게 활기찬 시간을 보고 있으면, 오래도록 여행하다 여기까지 와서, 그 많은 시간 중에 유일하게 편안한 시간은 이, 낮과 밤의 중간 시간이라 생각된다. 거리에 점점 불빛이 늘어나, 어스름한 어둠 속에 또렷하게 떠오르기 시작한다. 밤은, 생명을 빛나게 하는 시간의 시작이다. 하루는 깊이를 더하고, 풍경은 그 아름다운 개성을 훨씬 더 짙게 발한다. 아름다워서 한숨이 나왔다.

보니, 히로시는 슈퍼마켓 봉투에 얼굴을 묻고, 울고 있었다. 나는 놀라 그를 쳐다보았다. 히로시는 고개를 저었다. 그래서, 나는 말을 걸지 않았다. 그러자 히로시는 금세 울음을 그치고, 커피 마시고 싶지 않니? 라며 태연한 말투로 물었다. 그래서 우리는 맛있는 커피를 팔 만한 카페를 찾아, 또 산책하였다.

밤의 방문이 너무도 아름다워 놀란 것이리라. 놀람 은, 요즘의 히로시에게는 없었던 감정이었으리라. 기운 차게 감정이 넘쳐나온 것이리라.

무언가가 치유되는 과정이란, 보고 있으면 즐겁다. 계절이 바뀌는 것과 비슷하다. 계절은, 절대로 보다 낫 게 변하지 않는다. 그저 어쩌다 그렇게 된 것처럼, 낙엽 이 떨어지고 잎이 무성해지고, 하늘이 파래지고 높아질 뿐이다. 그런 것과 흡사하게, 이 세상이 끝나는 건가 싶 을 정도로 기분이 나쁘다가, 그 상태가 조금씩 변화해 갈 때, 딱히 좋은 일이 생긴 것도 아닌데, 어떤 위대한 힘을 느낀다. 갑자기 음식이 맛있게 느껴지고, 문득 불 편하던 잠자리가 편안해지는 것은 곰곰 생각해 보면 신 기한 일이다. 고통은 찾아왔던 것과 똑같은 길을 걸어 담담하게 사라진다.

할아버지의 병세가 나빠지고부터 지금에 이르는 히로 시의 과정도 그와 아주 비슷했다. 설령 고층 빌딩 속의 한 방에 갇혀 강도 산도 바다도 볼 수 없다 해도, 몸 속

에 피가 흐르는 한, 사람은 자연의 흐름을 닮은 흐름을
사는 것이리라.

푸른하늘 계단
acrylic, charcoal, marker on paper
© MAYA MAXX 1997

꿈, 코알라, 밤바다

마치 일본에 있는 것처럼 나와 히로시는 느긋하게 식사를 하고, 낯선 프로그램뿐인 텔레비전을 잠시 보고, 샤워를 하고 담담하게 잘 준비를 하였다.

전기를 끄고 조그만 라이트를 켜자, 온 방이 선명한 살굿빛 침대 커버 색으로 물들었다.

「예쁘다, 일본에는 이런 색 리넨이 없는데」

히로시가 말했다. 듣고 보니 그렇다, 고 나는 생각하였다. 우리 둘은 꽤 오랫동안 방안의 모습을 바라보았다. 희붐한 불빛과, 그 엷은 핑크의 조화는, 아주 정성스런 느낌이 들었다. 뽀송뽀송한 시트의 감촉도, 높은 천장에 비치는 라이트의 부드러운 느낌도, 이 방이 행복이란 어떤 따스한 개념을 좇아 만들어졌을 것이란 기분에 젖게 했다. 그래서 오래 말 않고 있었더니, 히로시의 옆얼굴이 바로 가까이에 있어, 나는 태어나서 지금까지 거의 모든 시간을 이 사람과 지냈다, 고 생각했다. 우리 집에서 어쩌다 올리브를 키우게 되었고, 올리브가 선택의 여지 없이 나와 평생을 함께하였던 것처럼, 자발적으로 선택한 일 없이 그랬다고 생각했다.

그리하여 둘이서 본 많은 아름다운 광경 중에서 꽤 상위권에 속하는, 저녁 나절 쇼핑 몰의 불빛과 숨이 막힐 듯 아름다웠던 하늘의 색을 나는 되새겼다. 생각만해도 저 투명하던 공기가 가슴으로 차올랐다. 이미 그때로부터 시간이 한참이나 지났다. 이미 그 빛과 히로시의 뜨뜻미지근하던 손의 감촉도 추억이 되었다. 두 번 다시 돌아오지 않는다. 지금, 라이트의 빛을 받아 갓난 아기의 손처럼 핑크색으로 빛나는 내 손도, 눈을 감고 오늘의 노곤한 피로감에 몸을 맡기고 내일 아침이면 멀어져 있다. 지금은, 머릿속에 있는, 이성의 세계에 있는 〈시간〉이란 틀을 떠올리고 싶지 않았다.

「히로시, 사실은 외국에서 살고 싶었던 거 아냐? 미국에 가보고 싶었니?」

나는 말했다.

「아니, 전혀」

히로시는 딱 잘라 대답했다.

나는 아무 대꾸도 하지 않았다. 히로시도 잠자코 있다가, 잠시 후 불쑥 말했다.

「트리머가 되려고 했는데, 나, 조금 이상한 것 같아서」

「뭐라고?」

「가끔씩, 동물이 하는 말을 알아들을 때가 있거든」

「어머」

나는 놀라 몸을 일으켰다. 그림자가 휘청 흔들렸다.

「거봐, 안 믿지」

「믿고 안 믿고가 어딨어. 내일, 코알라 보러 갈까 하는데, 코알라의 생각을 알겠거든 가르쳐줘」

히로시답지 않은 농담이겠지, 하고 생각해야 되는 것인지, 진심으로 하는 얘긴지, 몰라서 적당히 대답했다.

「좋아, 내일 코알라의 생각을 들어볼게…… 아 아, 좋아하는 여자애랑 외국에 있는데, 이런 얘기, 바보 같애. 언젠가 마나카짱도 죽을 텐데, 좀더 재미있는 이야기를 해야지」

「늘 충분히 재밌어」

좋아하는 여자애, 란 말이 가슴에 스몄다.

잠자코 있었더니, 쌔근거리는 소리가 들렸다. 역시

비행기에서 한숨도 자지 못하여 피곤한 것이리라. 나는 요즘 히로시의 불편한 잠, 굳은 몸에 압도되어, 그 무거운 슬픔을 견디고 있었던 탓인가, 몸이 좋지 않았던 탓인가, 꿈도 꾸지 않았고 아침에 일어나면 온몸이 아팠다.

오랜만에 가위에도 눌리지 않고 깊은 잠에 빠져 있는 히로시를 보고, 나도 오랜만에 꿈을 꿀 수 있을 듯한 기분이 들었다. 내가 생각하고 있는 나보다, 나의 마음을 꾸밈없이 드러내고 있는 꿈을.

그랬더니, 이런 꿈을 꾸었다.

나와 히로시는 적어도 몇 년 동안은 별거해야 하는 설정이고, 어떻게 된 일인지 넓고, 저 먼 데까지 이어지는 초원을 걷고 있다. 하늘은 오렌지와 핑크와 빨강을 섞어놓은 듯한 색이었다. 아마도 저녁 노을이 한참 불타오르는 시간이리라. 히로시의 엄마란 사람을 찾았는데, 네델란드에 살고 있다 하여 히로시가 그 나라로 유학을 가기로 한 것이다. 그게 별거의 이유였다. 꿈속에서는 무슨 일 때문인지, 나는 따라가서는 안 되는 것으로 되어 있었다. 그런 얘기가 끝나고 밖으로 나갔더니

느닷없이 초원이었다. 마음은 허탈하고 쓸쓸하고, 폭풍
우가 몰아치는 듯한 느낌이었다.

「저녁밥 뭘로 먹지?」

나는 말했다.

「그런 생활이 제일 즐거웠어」

히로시가 대답했다. 그다지 슬프지는 않았지만, 무언
가가 잘못된 듯한 느낌이 들었다. 꿈속이라는 것을 알았
다면, 빨리 깨고 싶어했을 것이라고 생각한다. 그러나
꿈속에서는 그것이 현실이라서, 나와 히로시는 헤어지
기 힘들어, 하염없이 초원을 걸었다. 바람이 불어오
고, 하늘은 점점 더 붉은 색이 짙어졌다. 우리는 야트막
한 언덕에 도착하여, 숨을 헐떡거리면서 묵묵히 올라
갔다. 아래쪽으로 마을의 빛이 보였다. 남색의 깊은 바
다 속에서 하얗게 반짝이는 진주가 하나, 또 하나 떠오
르는 것처럼 보였다. 바람에 풀이 일렁이며 금빛으로 빛
났다.

나도 앉고, 히로시도 앉았다. 구름은 하늘에서 색깔
을 바꾸어가며, 저 먼 서쪽으로 흘렀다.

「참 예쁘다」

나는 말했다. 그 말과 함께 돌연 쓸쓸한 분위기가 싹

텄다.

「그 어느 때보다 연인 사이인 듯한 기분이 드는데」

히로시는 말했다.

「그 말, 순서가 잘못되었다는 뜻이야?」

「글쎄」

「하지만, 이미 늦었지」

나는 말했다. 눈물이 흘렀다. 히로시의 어깨에 얼굴을 묻었다. 신뢰도, 애정도 어느 것 하나 줄어들지 않았는데, 왜 이렇게 기분이 암울한 것일까. 세계는 여전히 아름다운데. 하고 나는 생각했다.

시간이 지난다는 것은, 이 얼마나 아픈 일인가. 육체를 지닌 나는 견딜 수 있지만, 꿈속의 나는 상처입기 쉬워, 받아들이지 못한다…… 훨씬 더 나약하고, 금방이라도 꺼져버릴 것 같고, 그리고 무방비 상태다. 그렇게 생각하는 자신을 깨달았을 때, 아아, 이건 꿈일지도, 하고 나는 생각했다. 꿈이라면 좋겠다, 꿈이기를. 순간, 눈물이 그쳤다. 그리고 번져 보이는 밤 풍경과, 풀 내음과, 바람의 감촉을 느끼고, 꿈 치고는 너무 생생하다고 생각했다. 그래도, 꿈이라면 얼마나 좋을까. 아무리 따분해도, 아무리 싫증이 나도, 히로시와 있고 싶었다.

히로시를 만날 수 없는 매일은, 올리브를 만날 수 없게
된 것과, 그렇다, 히로시가 죽는 것이나 다름없을 만큼
나에게는 혹독하다.

압도적인 감정에 짓눌려, 경치가 너무 아름답단 말이
나오지 않았다. 밤은 좀처럼 오지 않아, 서쪽 하늘이 끝
없이 하얗게 빛나고 있었다. 마치 형광등처럼 하얗게.
밤이 오지 않는 편이 좋겠다, 고 나는 생각했다. 히로시
가 없는 인생의 시간을 상상하고 싶지 않다.

그 색에 잇달아 투명한 핑크와 오렌짓빛이 빨려들어
왔다. 태어나기 전에 본 듯한, 정겨운 색이었다.

「왜 이런 꿈을 꾸는 거야!」

잠에서 깨어난 나는 자신에게 화를 내며, 히로시를
찾았다. 히로시는 벌써 일어나, 산책하러 나갔는지 없
었다. 옆에는 여느 때 히로시가 이불을 그렇게 개어놓듯
이불이 개어져 있고, 나는 아침 햇살 속에서 혼란스러
웠다. 누가 없어진다고 해서 그렇게나 곤란해지는 인생
이라니, 겁이 났다. 그런 사람이 있다는 것을 의식하면
서 살아가야 하다니 끔찍했다. 비로소, 히로시가 내가
죽을까 봐 무서워 노이로제 증세를 보였던 때의 기분을

편린이나마 이해한 듯한 기분이 들었다.

꿈속에서의 동요는 아직도 내 몸에 남아 있어, 나도 모르게 심장이 쿵쿵거렸다. 천창에서 아침 햇살이 똑바로 비쳐 들어오고, 새들이 시끄러울 정도로 많이, 지저귀고 있었다. 이렇게 새가 많다니 거짓말이야, 라디오나 CD에서 나오는 소리겠지, 싶을 만큼 커다란 소리였다. 침착하자고 우유를 마시다 보니, 다시금 서서히 행복한 기분이 되살아났다. 무서운 꿈을 꾸고 잠에서 깨어났더니 날씨는 화창하고, 뽀송뽀송한 공기 속에서, 우유를 마시고 있다. 유리컵이 땀을 흘리고 있다. 오늘은 어디로 갈까, 생각할 수 있다.

꿈은 때로, 일상이 얼마나 무너지기 쉬운 것인가를 알려주었다. 젊음 때문에 불안정한지도 모른다고 생각했다. 노부부 같다는 생각은 해도, 나와 히로시 안에는 그 나이에 어울리는 에너지가 넘치고 있어, 이 이른 결혼에, 그리고 그 불명료한 전모에 뭔지 모를 저항을 느끼고 있는 것이리라. 그런 것들이 가끔씩 모습을 바꾸어 꿈으로 분출된다.

어떤 일이 일어나도, 무섭지는 않았다. 다만, 꿈속에서처럼, 생생한 감정에, 마치 유령처럼 현실감 없이 대처하게 되는 것만이, 무서웠다. 히로시가 할아버지의 죽음을 경험하고 비로소 많은 것들을 깨달아, 지금, 눈물로 그것들을 씻어내는 고통스러운 나날을 맞이한 것처럼.

히로시가 산책에서 돌아와,

「네가 가위에 눌려 시끄럽게 웅웅거리길래 잠에서 깨어났거든. 그래서 용기를 내어, 밖에서 혼자 카푸치노를 마시고 왔어. 그랬더니 엷은데도 아주 맛있더라니까, 거기서 아침밥 사줄 테니까, 다시 한번 가자」

라고 태평스럽게 말했다. 나는 고개를 끄덕이고, 준비를 시작했다.

히로시와 택시를 타고, 옛날에 딱 한번, 엄마랑 같이 간 적이 있는 동물원 같은 곳으로 갔다. 오스트레일리아의 진귀한 동물들이 많이 있는 관광지였다. 제일 먼저 코알라가 있는 곳에 갔다. 울타리에 에워싸인 유칼립투스 숲이 몇 군데나 있고, 거기에 몽실몽실한 코알라가 달라붙어, 오물오물 유칼리를 먹고 있었다. 사방은 유칼리 잎의 냄새로 그득하고, 뭐라 표현할 길 없이 느긋하고 나른한 분위기에 싸여 있었다. 히로시에게 어때?

코알라가 무슨 생각하고 있는데? 하고 물었더니,

「코알라는 온통 유칼리 생각만 하고 있어서 안 되겠어!」

라고 심각하게 말하길래 우스꽝스러웠다.

「그런 것쯤은 나도 알아」

라고 나는 대답했다. 녹음으로 뒤덮인 광활한 부지 안, 마치 나라(奈良) 공원에 아주 자연스럽게 사슴이 있는 것처럼, 캥거루가 뛰어다니기도 하고, 우두머리를 중심으로 할렘을 만들어 나무 아래 모여 있기도 하였다. 섹스를 하는 녀석들도 있었다. 일본에서는 신기해하는 그 동물도, 이 공간에서는 아주 평범하여 흔히 있는, 개나 고양이 같은 느낌이었다. 나는 그 넓은 잔디밭에, 살아 있는 생물이 드문드문 존재하는 느낌을 바라보고 싶어서, 벤치에 앉았다. 히로시는 멀리서 캥거루를 물끄러미 보고 있었다. 고사리를 만지작거리기도 하다가, 결국 내 쪽으로 걸어와, 옆에 앉았다.

「저 녀석들은, 쥐새끼들 같아. 마음이, 별로 통할 것 같지 않아」

라며 그다지 마음에 들지 않는다는 투였다.

「처음 접하는 동물이잖아」

나는 위로해 보았다.

한참을 앉아 있었더니, 에뮤가 다가왔다. 타조처럼 무지하게 크고 박력 있는 새였다. 목이 길고, 머리는, 내 머리 정도는 되지 않을까 싶을 정도로 크고, 눈은 새카맣고, 속눈썹 같은 것도 잔뜩 나 있고, 아주 귀여웠다.

「콕콕 쪼지 않을까」

나도 에뮤를 가만히 쳐다보았다. 히로시는 넋을 잃고 쳐다보고 있었다. 그러자, 멀리 있던 에뮤도 한 마리 두 마리 성큼성큼 걸어와, 나와 히로시를 빙 둘러싸는 식이 되었다. 몸에 난 부숭부숭한 털이 흔들리고 있다. 그 진지한 표정이 우스워서, 나와 히로시는 웃음이 그치지 않았다.

「이상한 동물, 이상한 시간」

나는 말했다. 바람을 타고 유칼리 냄새가 날아왔다. 햇살 속에서 다만 시간이 지나갔다.

밤, 항구에 있는 이탈리안 레스토랑에서 엄마랑 만났다.

하얀 니트 원피스를 입은 엄마의 배는, 몹시 눈에 띄었다. 언젠가 나도 저 안에 있었겠지, 하고 나는 생각했다. 우리는 밤 풍경과 수면에 비치는 배의 불빛을 보면서 식사를 하고, 포도주를 마셨다. 히로시는 여전히, 잃어버린 무언가를 되찾으려 하듯 먹어댔다. 연약하게 보이는데 아주 잘 먹는다며 엄마는 감탄하였다. 디저트와 커피 타임에, 히로시는 엄마에게 물었다. 어째서 마나카짱을 맡지 않았나요? 라고.

화를 내려나, 하고 보고 있었더니, 엄마는 눈꼬리에 예쁜 주름을 만들며 미소지었다.

「나는 말이지, 지금도 마나카가 있다는 것만으로도 마음이 풍성해져. 멀리 떨어져 있어도 성장한 딸이 있다고 말이야. 더구나, 마나카란 이름은, 내 인생의 중심에 있어주기를 바란다는 의미를 담아, 내가 지었는걸. 그리고 말이지, 난 마나카 아빠가 싫어서 헤어진 게 아니야」

우리가 잠자코 있자, 엄마가 말을 이었다.

「하지만, 지금의 엄마랑 아빠가 만나는 자리에 있었더랬어. 나한테는 보였지, 어찌된 셈인지 미래가. 그 두 사람이 서로에게 매력을 느끼고 있다는 것뿐만 아니라, 둘이 함께 살고, 생활하고, 그 사이에 있는 마나카까지 전부 보였어. 내가 졌다, 고 생각했지. 생각은 그래도, 네가 있으니까, 싸울 수도 있었지만, 도저히 그릴 수가 없어서, 일부러 밖으로 나돌아다니면서, 호텔에서 지내기도 하고, 남자네 집에 빌붙어 있기도 하고 그런 거야. 일이 진행되는 것을 보고 싶지 않은 심정이 절반, 누군가 막아주기를 바라는 마음이 절반. 그렇지만, 미래가 보였으니까, 용기 있게 결단내지 못하는 자신이 무서웠던 걸까. 두 사람이 어차피 점점 더 사이가 좋아지리라는 것을 알면서 매일 봐야 하는 게 싫었어. 자존심 강한 나한테는 고문이었지. 그렇다고, 해변의 평화로운 생활로 돌아갈 방법도 없고, 어쩔 수 없었어. 시간은 뒤로 돌아가지는 않으니까. 기적을 바라기도 했지만, 그 두 사람의 만남은 운명이었어. 지금도 잘 지내고 있잖아. 내가 억지를 부렸다면, 모두가 상처입고 망가졌을지도 몰라. 이런 시간도, 배 안에 있는 이 아이도, 이 세상에 없었을지도. 이런 때만, 나는 하느님을 믿어」

엄마가 웃었다. 처음 듣는 얘기였다. 지금껏 들을 기회는 있었지만, 엄마는 거기까지는 얘기하지 않았다. 아마도, 딸의 아빠에 대한 소중한 고백이리라, 고 생각했다.

「어느 날, 마음을 단단히 먹고 집에 돌아가 봤더니, 아

빠랑 지금의 엄마가 부엌에서 두런두런 얘기를 나누면
서 웃고 있잖니. 음식 볶는 소리도 나고. 맛있는 냄새
도. 내 집인데, 내 쪽에 권리가 있는데도 말이지, 도저
히 들어갈 수가 없었어. 너의 울음소리도, 둘이서 너를
달래는 소리도, 죽 밖에서 듣고 있었는데, 끝내 그 빛
속으로 들어갈 수가 없었어. 코미디의 한 장면처럼 등장
해 볼까, 나가라고 소리를 질러볼까, 이런저런 생각이
머릿속에서 오갔지, 다 할 수 있을 것 같은 기분도 들었
어, 하지만 그 어떤 짓을 해봐야 이 공허함과 외로움을
메울 수 없다는 것을 깨달았어. 그때까지 여러 가지 일
들을 그럭저럭 넘겨왔지만, 이 일만은 어쩔 수 없다는
생각이 들더구나. 내가 나이고, 너의 아빠가 너의 아빠
인 이상, 이건 도저히 어쩔 수 없는 흐름이라고. 나는
망연자실해서, 내내 밖에서, 콘크리트 바닥에 앉아, 배
를 쫄쫄 곯으면서, 쏟아지는 소나기 소리를 듣고 있었
다. 그리고, 일어났을 땐 더 이상 돌아보지 않았어. 야
간열차를 타고, 수면제를 먹고, 밤바다로 들어갔지」

「어, 엄마?」

놀란 내가 말했다. 엄마는 계속했다.

「이 얘기, 그 두 사람한테는 평생 비밀이다. 분하니

까. 그러고는, 발이 닿지 않는 곳에서 죽음을 기다렸지만, 흥분해 있었던 데다 그 무렵 약을 습관적으로 복용하고 있었으니까 전혀 효과가 없어서, 어이없게도 헤엄을 치고 말았지 뭐니. 야광충이 하양도 아니고 초록도 아닌 형광색으로 반짝반짝 빛나고, 파도소리하고 물소리는 너무 선명하고, 바다는 따뜻하고, 항구의 불빛이 멀리서 보석처럼 빛나고, 만이 아름다운 곡선을 그리고 있고, 온 하늘에는 별이 가득하고. 아름답다, 지구는 아름답다, 는 생각이 들더구나. 그랬더니, 무슨 하늘의 조화인지 비치 볼이 둥실둥실 떠내려오는 거야. 나는 헤실헤실 웃으면서, 그걸 잡았어. 잡을 수밖에 없잖아. 안 그러니. 그래서 둥둥 떠 있는데, 해류를 따라 떠내려가 어느 틈엔가 바닷가에 가 있는 거야. 발이 바닥에 닿았어. 할 수 없이 볼을 껴안고 휘청휘청 해변으로 올라갔지. 몸이 돌처럼 무거웠어. 그랬더니, 어떤 남자하고 여자가 다가와서, 주워주어서 고마워요! 라며 볼을 가져가는 거야. 어쩌다 마음이 일어서, 밤의 해변에서 축구놀이를 하고 있었다면서 말이야. 나는 안 돌아가는 혀로, 비에 젖은 생쥐 꼴로 아니, 천만에요, 라고 말하고, 해변에 있는 보트에 쓰러져 잠들었어. 일어났더니

아침이고, 온몸이 아프더라. 햇살이 눈부셔서, 따끔따
끔 찌르는 느낌이었어. 맨발에 옷도 덜 말라 몸에 착 달
라붙어 있는데, 그대로 전철을 타고 돌아왔지」

「그래서 그 다음에는?」

「그야 친구네로 갔지. 다시는 돌아갈 수 없잖아. 한
번 죽은 거나 다름없고. 바로 지난 주까지 가정이 있었
고, 너의 젖 냄새 나는 따스한 몸을 어루만지고, 미래
도 있을 듯한 기분이었는데, 외로웠다. 하지만, 나는
밤바다에서 볼이 떠내려 왔을 때, 볼을 잡고 둥둥 떠서
해변으로 향할 때, 어찌된 일인지 굉장히 감격해서, 눈
물이 멈추지 않았어. 세계는 나 따위 어떻게 되든 아무
상관 안하지만, 세계는 재미있고 아름답고 애정 같은
것으로 넘치고도 있고, 뭐가 있을지 몰라서, 그 안에서
헤엄치고 있는 나는 조금도 불쌍하지 않다는 생각이 들
었어. 내가 밤바다를 떠다니는 천사 같은 기분이 들었
어. 동네의 불빛도, 물도 별도 또렷하고 선명하고……
너무 천진난만하고, 청렴하고, 보호받고 있는, 떨고 있
는 조그만 존재로 여겨졌어. 아주 멋진 장소에 있는 듯
한…… 그후로는, 전후를 불문하고 그처럼 감동적이고
아름다운 것을 본 적이 없다. 여기에 와서 에어즈 록이

니 많은 곳을 다녀보았지만, 멋진 바다도 참 많이 봤지만, 그만한 감동은 느낄 수 없었단다. 하기야 마음이 궁핍한 건지도 모르겠다만」

엄마는 웃었다.

슬픈 얘기는 아니지만, 애처로운 얘기였다. 나와 히로시는 디저트로 나온 케이크를 오물오물 먹으면서 고개를 끄덕였지만, 머릿속은 온통 밤바다로 가득하고, 파도소리가 들려올 것만 같았다.

섬, 돌고래, 놀이

엄마와 식사를 한 다음 날 아침, 나와 히로시는 배를 타고, 돌고래를 볼 수 있다는 섬으로 작은 여행을 떠났다. 배는, 놀랄 만큼 아무것도 없는 조그만 부두에서 떠났다. 새파란 하늘에 투명한 물을 채운 만, 조그만, 나팔꽃 같은 꽃이 흐드러지게 피어 있고, 배에 타지도 않았는데 추억, 이란 단어가 머리에 떠오르는, 한 장의 사진 같은 풍경이었다.

느릿느릿 다가온 배는 역시 느릿느릿, 새파란 바다 위를 나아갔다. 이윽고 녹색으로 동그랗게 부풀어오른 조그만 섬이 보였다. 나무로 된, 커다란 선창도 보였다. 히로시는 멀미약을 먹고 쿨쿨 자고 있었다. 어린 남자애처럼, 땀에 젖어 이마에 달라붙은 머리카락이 바람에 흔들리고 있었다. 속눈썹과, 네모난 손톱을 가만히, 가만히 집중하여 바라보고 있자니, 또다시 마음은 역사를 잃고 어린애로 돌아갔다. 내가 잘 알고 있는 저 조그만 손톱이, 대체 어떤 약속으로, 모양조차 변하지 않고, 이렇듯 그저 커지기만 할 수 있는 것일까.

선창을 걸어 건너자, 하얀 모래 바닥이 보이는 파란 물에, 하얀 새가 둥둥 떠 있었다. 섬에서 보는 바다는, 매끄럽고, 마치 끈적한 액체처럼 천천히 꿈틀거리고 있었다. 대륙과 섬 사이에 있는 바다라서 이렇듯 잔잔한 것이리라, 고 나는 생각했다. 너무도 아름다워, 머리가 멍해졌다. 배를 타는 것도, 섬에 상륙하는 것도 처음인 히로시는, 말을 잃은 상태였다.

강렬한 햇살 속, 별장으로 향했다. 새하얗고 낡은 별장이었다. 창문으로 여러 나라에서 온 신혼 부부와 돌고래를 좋아하는 사람들이 해변을 산책하고, 몸을 태우기도 하고, 다이빙을 즐기는 모습이 보였다. 섬의 태양빛은 뭍보다 몇백 배 정도는 하얗고, 몸 속까지 그 빛으로 넘칠 듯하였다. 천장에서는 천천히 선풍기가 돌아가고, 그 그림자가 바닥에 부드럽게 드리워져 있었다.

「너무너무 멋지다. 나, 이렇게 멋진 곳에 와보기는 처음이야. 빛은 강하고, 모래는 하얗고, 바다는 아름답고, 사람들은 모두 즐거워 보이고, 마치 천국 같아. 꿈속에서 보는 풍경 같아」

나는 감격하여 그렇게 말했다.

「응, 나도, 이런 곳에 오고 싶었는지도 모르겠어. 하지만, 지금껏 거의 여행이란 걸 몰랐으니까, 이런 데가 어디 있는지도 잘 몰랐고」

꼼꼼하게 짐을 풀어놓으면서 히로시가 말했다. 겨우 2박 3일의 여행인데, 히로시는 짐을 잔뜩 들고 왔다. 그런 점이, 유일하게 여행에 익숙지 않은 느낌을 주었다. 그 나머지는 평소의 히로시라, 딱히 외국에 와 있다는 긴장감을 느낄 수 없었다.

나는, 히로시를 잘 모른다. 일상적인 일이나 몸의 각 부분이나, 생각하는 버릇에 관해서는 소름이 끼칠 만큼 자잘한 것까지 다 알고 있는데, 히로시에게 내가 아닌 다른 어떤 친구들이 있고, 그 사람들을 어떻게 생각하고 있는지, 혼자 있을 때는 어떻게 잠들고, 어떻게 깨어나는지. 어떤 음악과 책을 좋아하는지, 어떤 일에 관심이 있고, 머릿속에 어떤 세계를 갖고 있는지, 잘 모른다. 짐을 풀어 옷을 조심스럽게 옷걸이에 걸고, 주름을 펴고 있는 히로시를 보고 있자니, 모르는 부분의 크기가 느껴졌다.

「일본이랑 가장 다른 점은, 이 강렬한 햇살이겠지. 이렇게 눈이 부시니, 어쩌 몸도 맑아지는 것 같고, 머릿속이 새하얘지는 기분이야」

히로시는 웃었다.

「좀 있다가, 산책하고 싶은데. 짐 정리 끝나면」

「응」

나는 대답했다.

짐을 거의 가지고 오지 않은 나는, 당장 입을 것과 텅텅 빈 냉장고를 채울 마실 것을 사러, 혼자서 먼 매점에 갔다. 강렬한 빛 속에서 반짝이는 바다를 보면서, 해변을 걸었다. 모래가 샌들 속으로 들어오고, 피부는 빠작빠작 타들어 가고, 그게 기뻐서 견딜 수가 없었다. 매점에서 물건을 사고 피곤하고 목이 말라, 옆에 있는 바에서 혼자 생맥주를 마셨다.

바다는, 인공의 색 같은 파란색을 띠고 있었다. 하늘은 높고, 이름 모를 하얀 새들이 무수히 날고 있었다. 나는 한참이나 그 광경을 바라보다가, 별장 사이로 난, 울창한 녹음에 에워싸인 오솔길을 걸어, 히로시가 있는 방으로 돌아왔다. 나뭇잎 냄새, 바다 냄새, 나무와 나무 사이로, 반짝반짝 눈부시게 빛나는 바다가 보였다.

새하얀 빛 속에서, 약간 취기가 돌아, 조금씩 졸음을 느끼며 걷고 있을 때, 고향의 조그만 뜰에서 해방되어, 본 적 없는 나무들에 둘러싸인 채, 옛 노래를 흥얼거리다…… 느닷없이 히로시가 곁에 없음을 전에 없이 강하게 느꼈다. 그리고, 역시 우리는 절대로 헤어져서는 안 된다, 고 절실하게 생각했다.

그 생각에 햇살 속의 나는 휘청거렸다. 옛날, 닻을 매어두었다는 쇄락한 출항 금지 구역에 주저앉아, 잔디를 달구는 열기를 기분 좋게 여기면서, 매끄럽게 찰랑이는 파도를 쳐다보았다.

눈앞으로 많은 사람들이 재잘재잘 웃으며 지나갔지만, 그때의 나만큼 강렬하게 행복하지는 않았을 것이다.

저녁나절, 돌고래를 보러 벼랑에 가기로 하였다.

마른 풀에 돋은 기묘한 식물들 사이를 헤치듯 언덕길을 올라갔다. 어두워지기 시작한 하늘은 어스름한 붉은색이고, 벼랑 끝에는 돌고래를 좋아하는 사람들이 오페라 글래스를 들고 잔뜩 모여 있었다. 그 사람들이 벼랑 끝에 나란히 서서 태풍 같은 바람을 맞으면서 바다 쪽을 바라보고 있는 광경은 영화의 한 장면 같았다.

곶 끄트머리에서 탁 트인 바다를 보았을 때, 과거에 본 적 없는 그 경치의 웅장함에 압도되었다. 벼랑은 매우 높이 솟아 있어, 그 아래 거대한 바위가 조그만 돌처럼 보였다. 눈앞의 바다도 아주 멀리 보였다. 삼각형으로 일렁이는 무수한 파도가, 하염없이 이어지는 회색 바다를 마치 무수한 바위처럼 뒤덮고 있었다. 인간의 하찮음이 절절하게 느껴지는 광경이었다.

사람들이 가리키는 쪽을, 열심히, 열심히 쳐다보았더니, 마침내 돌고래가 보였다. 멀리로 이어지는 파도 머리에 섞여, 새끼손가락만큼이나 작은, 매끄러운 등이 언뜻언뜻 보였다. 찬찬히 보니 많이, 아주 많이 있었다. 몇 마리가 나란히 점프를 하는 모습도 많이 보였다. 등을 나란히 줄지어, 타이밍에 맞추어 파도타기를 하고 있다. 저녁놀에 비친 바다와 비슷한 회색이라 잘 보이지는 않았지만, 눈에 익자, 보이지 않을 만큼 저 멀리까지, 돌고래가 무수하게 놀고 있었다.

소름이 끼칠 만큼 거대하게 펼쳐지는 이 광활한, 우주처럼 보이는 이 바다 전부가, 돌고래의 생활 공간이었다. 쌀쌀한 바람과 메마른 누런 땅으로 이루어진 혹독한 풍경…… 돌고래는 그저 귀여운 애완동물 같은 것이

착한 아이들
acrylic, charcoal, colored-pencil on paper
© MAYA MAXX 1997

아니라, 가혹한 세계에 사는 야생의 생물이라는 것을 새삼 알았다.

「놀고는 있는데, 재미있을까」

히로시가 말했다.

「저렇게 춥고, 무지막지한 파도 속에서, 나 같으면 불안해서 못 놀 것 같은데」

「돌고래한테는 바다가 집이야」

「저렇게 혹독한 곳에서 살면서, 잘도 인간이랑 놀아주네. 관대한 생물이야. 저 녀석들이 보기에는, 인간 따위, 바다에 들어올 자격조차 없는 생물이겠지」

「갓난 아기처럼 여겨지겠지」

태양이 점점 기울어, 사방의 어둠이 조금씩 짙어졌다. 빨강과 감색이 섞인 안개 같은 것이 점점 짙어지듯, 묘한 밤의 방문이었다. 무수한 돌고래들의 등이, 무수한 회색 파도와 뒤섞여 알아볼 수 없어졌다. 그리하여 바다는 점점 검은색으로 변해 가고, 사방의 나무들이 실루엣이 될 때까지, 우리는 거기에 앉아 경치에 몰입해 있었다. 바다가 너무도 넓고 멀어서, 바람에 흔들리는 한 장의 거대한 천처럼 보였다. 자연은 풍경을 변화시키며 투명한 바늘을 천천히 돌리고 있다. 내 뜰에서 돌아가는 것과 똑같은 속도와 방법으로, 다만 스케일만 거대하게 확대한, 늘 보는 시계가 여기에도 있었다.

찾아오는 밤은 점점 짙어지고, 해질녘의 애매모호함을 어둠으로 에워쌌다. 추워지고, 주위 사람들도 하나둘 없어졌다. 우리는 손을 잡고, 언덕길을 되돌아왔다. 조그만 슈퍼에서, 뜨거운 커피를 사 서서 마셨다.

「돌고래 보러 왔니?」

슈퍼 아줌마가 물었다. 우리는 웃으면서, 네, 하고 대답했다. 만약 우리가 아줌마의 눈에 보이는 것처럼, 같이 여행도 하고, 헤어질 것처럼 아웅다웅 싸우기도 하다가 결혼할 것처럼 사이가 좋아지기도 하는, 평범한 젊은 연인들이라면 얼마나 좋을까. 히로시는 싱글거리며 커피를 마셨다. 히로시의 행복이 마음 아팠다. 바다 위에서 커다란 별이 무수히 반짝이고 있었다.

섬에 딱 한 군데밖에 없는 레스토랑에서 저녁을 먹고, 뱀을 밟지 않도록 숲 쪽 길을 피해, 발이 푹푹 빠지는 새하얀 모래 사장을 산책하였다. 모래가 빛을 희미하게 반사하여 어스름한 사위로, 모든 것이 떠오르듯 보였다.

바다가 검게 빛나고, 낮보다 더 가까이 다가올 듯 숨

쉬고 있었다.

별은 점점 더 늘어나고, 어지러울 정도로 많은 빛이 하늘을 수놓고 있었다.

나는 일도 특기도 자신을 불태울 취미도 아무것도 없다. 히로시도 동물들과 얘기를 나눌 수 있을 것 같다는 둥 그런 말이나 하는 바보다…… 그러나, 우리에게도 이 아름다운 세계는 모두에게와 똑같이 열려 있다. 어디에 있든, 풍요롭게 있다, 그렇게 여겨졌다.

힘이 들어 앉자, 싸늘한 모래의 기운이 감돌았다. 손을 묻자 보슬보슬한 감촉이 전해져 왔다. 히로시는 머릿속에 온통 별밖에 없는 듯, 가냘픈 목뼈를 내밀고 바로 머리 위를 올려다보고 있다.

파도 소리가 겁날 정도로 낮게 울리고, 바다는 묽게 가루를 풀어놓은 듯 출렁출렁 움직이고 있었다.

멀리서, 음악 소리가 희미하게 들려왔다.

「마나카짱 허벅지, 꽤 굵네. 모래에 파고들었어」

히로시가 말했다.

「어때서」

「한 가지 물어봐도 돼?」

「응」

섬, 돌고래, 놀이 165

내가 대답하자, 히로시가 말했다.

「전에, 우리 가출했을 때 꾸었다는 꿈, 어떤 꿈이었는데?」

나는 조금은 나의 꿈을 할애하기로 하였다. 히로시가 다소나마 아버지를 생각할 가능성이 있는 한, 평생 그 꿈의 전모를 털어놓을 생각은 없었다.

「히로시가, 죽은 꿈. 본 적 없는 건물이 있고, 피가 흥건했어. 그 건물 안에서는, 사람을 죽이거나 끔찍한 짓을 해도 별 대수롭지 않고, 낮인데도 사람들의 마음은 암흑밖에 보지 않아, 응, 굳이 비유하자면 한낮의 러브 호텔 같은 분위기를, 바짝 조려서 천 배쯤 되게 한 것 같은 그런 장소였어」

「그래」

히로시는 잠시 말이 없다가, 입을 열었다.

「그 꿈, 맞는지도 모르겠다. 저 말이지, 우리 아버지, 죽었다고 했잖아. 그 종교가 사면초가에 빠진 것은, 경찰이 살인에 관한 조사를 시작했기 때문이었나 봐. 나, 고등학교 때 아르바이트하던 곳에 그런 거 잘 아는 사람이 몇 명 있었거든, 아르바이트 그만두고도 가끔 만났는데. 훗날 그 사람들이 여는 파티에 갔을 때, 전에 캘리포니아에서 살았는데 그 종교에 몸담은 적이 있는 친구가 있다는 사람이 있어서, 얘기를 들었어. 그래서 처음으로, 끔찍한 짓을 하고 있다는 것을 알았어. 우리가 가출하고 난 다음이었는데, 그때야 비로소 마나카짱이 만류한 의미도 알게 되었고. 그 종교는, 교조가 여자래. 그리고, 간부…… 는 물론 우리 아버지하고, 그 외에도 여럿 있는데, 교조와 간부가, 특정한 날에 섹스를 해서, 아이를 만들고, 아이가 태어나면 굶겨 죽이고는, 그 죽음에 특별한 힘이 깃들여 있다 여기고 모두들 먹는다는 거야」

「그거, 인간 얘기야? 벌이나 새 얘기가 아니고?」

나는 깜짝 놀라 물었다. 그러나, 벌이나 새라도 그런 짓은 하지 않을 것이라고 생각했다.

「교조가 아이를 낳을 수 없는 나이가 되면, 교조의 딸이 대신 아이를 낳았던 모양이야」

꿈에서 본 핏덩어리는, 히로시의 것이 아니라, 그 아이들 것이었는지도 모르겠다, 고 나는 생각했다.

「아버지가 만든 아이 중에서 살아 있는 건 나뿐이니까, 나를 불러들이면 어떻겠냐는 얘기가 아마 한번쯤은 나왔을 거야. 아버지도 나를 만나봐도 괜찮겠다는 생각은 한 것 같은데. 그래서, 이런저런 항쟁이 있었고, 그때 심부름 온 사람은, 나를 견제하고 싶었던 거 아닐까. 만약 야심이 없는 듯하면 한번 정도는 초대해도 좋다고 한 모양이야. 지금은 잘 모르겠지만, 그때는 가출하기를 정말 잘했어. 줄곧 내 눈으로 직접 확인하고픈 마음이 있었으니까, 한번은 갔을지도 모르지. 하지만 가지 않길 다행이야. 애당초, 섞일 수 없는 운명이라고 생각하게 되었어. 아무튼 아버지와 그 종교 사람들이 갓난아기를 몇 명이나 먹은 건 틀림없어. 믿고 싶지 않았지만, 마나카쨩이 꿈을 꾼 그 밤에, 두려움에 떨던 모습하며, 그때, 제단에서 나온 뼈하며, 이제 희망은 완전히 사라졌어. 우리 집에 있었던 그 뼈가, 실제로 내 형제의 몸은 아니지만. 아마, 아버지가 엄마랑 같이 그 종교에 발을 들여놓았을 무렵에, 일본에 가져온 걸 거야. 그러나 뭐가 어찌되었든 나와 피를 나눈 갓난 아이가, 내가 마나카쨩네 집에서 즐겁게 식사하는 동안에, 살해당해서, 마음이 추악한 사람들에게 먹히고 있었어. 그 사람들의 애탄 기다림 속에서 갈갈이 찢겨, 피를 흘리고 있었던 거지. 배를 곯고, 이 세상에 태어났다는 실감도 없이, 죽어간 거야. 이 세상에서는 참 무수한 일들이 폭

넓게 동시에 일어나고 있어. 그리고, 신성시되어, 제단에 그런 식으로 모셔진 거야. 틀림없어. 그렇게 생각했기 때문에, 죽은 형제 대신에, 땅에 묻어주려고 한 거야. 나는 같은 종자에서 생겨났지만, 신성시되지는 않았어도 먹히지도 않고 일본에서 무사하게 자라났으니까」

나는 그, 꿈속의, 저, 어두운 방. 암울한 기운을 떠올렸다. 그것은 흥분이 가라앉은 사람의 어두운 기운이었다.

「무슨 목적으로 그런 짓을 하는 거지?」

「어떤 특별한 힘이 붙는다는 것 같아. 다른 세계나, 죽은 후의 세계에서도 큰 힘을 지닐 수 있다는 것 같아. 나한테 얘기해 준 사람은, 자기가 아는 종교 중에서 제일 무지막지한 종교인데, 그 나라에는 어디에나 흔히 있다고 했어. 나는 너무 충격을 받아서, 마나카짱한테도 말 못했어」

「그 사람들, 정말 어리석어」

「내 안에, 그렇게 말도 안 되는 짓을 당당하게 저지르는 놈의 피가 흐르고 있어, 그 기분 알아?」

「모르겠다고밖에 말 못하겠네」

나는 대답하고, 정말 어떤 기분일까, 하고 가늠할 길 없는 어둠을 들여다보는 기분으로 생각했다. 그리고 물었다.

「엄마, 어떤 사람이었을까?」

「모르겠어, 하지만 이 종교 저 종교를 전전한 모양이니까, 지금도 틀림없이, 어디 다른 종교에 몸담고 있겠지. 최소한, 그렇게 턱도 없는 바보가 아니기를 기도하는 수밖에」

「정말 그렇다」

히로시가 종이 한 장 차이로, 그 기묘하고 운명적인 태생에서 벗어날 수 있었던 것이, 신기하게 여겨졌다. 만약, 그의 부모가 갓 낳은 히로시를 데리고 갔더라면? 만약, 어른이 된 히로시가 그곳을 찾아갔다가, 알아서는 안 될 것을 알아버렸다면? 만약, 일반적인 식사에 섞인 사람의 살을 먹게 되었다면? 히로시의 감수성으로는, 아마 정상을 유지할 수 없을 것이다.

게다가, 어쩌면 우리가 키워온 것은 생각했던 것보다 훨씬 위대한 것이었는지도 모르겠다, 고 생각했다. 서로의 모든 것을 알려고 하는 마음이 생기기 전부터, 잠들기 전에 사소한 일이나마 서로 얘기 나누고, 어지간한 결점은 적당히 애정으로 용서해 주는 사람이 있었던 덕분에, 나와 히로시에게는 자기 이외의 무엇이 되고 싶은 동경 같은 것이 한번도 싹트지 않았다. 텔레비전도

잡지도 라디오도 친구도, 변하라고, 좀더 멋지게 변하라, 고 떠들고 있는데.

「아아, 히로시가 거기서 자라나지 않고 그런 종교에 물들지 않아 다행이야」

나는 말했다.

「정말 그래. 더구나, 지금에 와서, 나 혼자 남아, 그 충격을 질질 끌고 있어봐야 아무 소용 없고. 그런 사실을 알았다고 해서, 마음 어느 한 구석으로 죄의식을 느낀다고 해서, 유령처럼 존재감 없이 되지 말고, 아무튼 살아야지. 그렇지 않으면 진짜 유령처럼 되어버릴 거야」

「지금까지 너무 조심스러웠어」

나는 말은 그렇게 했지만, 마음에 두지 않는 것이 오히려 이상하다는 것을 알고 있었다.

히로시와는 사실 아무 관계도 없는 일이, 바다를 넘어, 숨막히는 공기가 되어, 압력을 가했던 것이라고 생각했다. 눈에 보이지 않는 것에는, 좋은 것도 끔찍한 것도 있어, 사람들은 절대로 그것에서 자유로워질 수 없다.

「우리, 여기 와서부터 정말 섹스 한번도 안했네, 신혼 여행인데」

눈앞의 어둠 속으로 팔짱을 끼고 딱 붙어 걸어가는

신혼 부부를 보면서, 히로시가 웃으며 말했다.

「치, 매일 노느라 정신이 없는걸 뭐」

「돌아가기 전에 한번쯤은 하자」

「먹지 않아도 좋을 아이라도 만든다?」

「먹는 쪽이, 이상한 거지…… 뭐, 그건 아직 먼 훗날의 일이라 치고, 돌아가면 일단, 개 키우자」

「히로시가 원한다면, 나는 대찬성이야」

「고작 한 마리 조그만 개였는데, 내 인생에서 올리브가 얼마나 큰 존재였는지, 지금에서야 새삼 놀라워. 개는 사랑해 주는 만큼 반드시 돌려줘. 어린 시절, 올리브만이 처음으로 내가 살아 있다는 것을 온몸으로 긍정해주었어. 그게, 어떤 때든 살아가는 힘이 되었지. 올리브가 죽을 때까지, 죽은 후에도, 내가 이 세상에 있음이나쁜 일이 아니라는 것을 가르쳐줘. 그 힘이 없었다면, 어렸을 때, 마나카짱이나, 마나카짱의 가족한테도, 온전히 믿고 몸을 맡길 수 없었을 거야. 하지만 내가 그렇게주위 사람들이 붙들어주어서 간신히 살아남은 것과는별도로, 내 가족이 나를 버리고 무엇을 추구하여 떠났는지, 그것을 알기 전에는 막연하게, 알고 나서는 분명하게 내 머릿속에 내내 자리하고 있었던 〈이러고 있는 사이에도 죽어서 토막나는 갓난 아이〉란 화면보다, 할아버지와 마나카짱의 보호 속에 살다보니까, 그런 끔찍하고도 잔혹한 세계가 마치 텔레비전 속의 일처럼 여겨지고, 아무래도 상관없는 일처럼 여겨지고, 아주 먼 일처럼 느껴지는 것이, 너무 싫었어. 멀리 느껴져도, 없는 것은 아니니까, 그건 줄곧, 내가 어른이랄 수 있는 나이가 되어 뭔가를 하려 할 때마다, 머리에 떠올라 힘을 앗아갔어. 안 그렇겠어, 그건 실제로, 잡지나 영화에서 보는 잔인한 장면이 아니라, 내 몸 속에 흐르는 피와, 같은 피가 흐르는 현실 속의 아이였으니. 그런 일이 있다는 것을 알면서도, 그러나 멀게 느낀다. 그런 모순된 생각 속에 뭔가 반드시 잘못된 것이 있으리란 느낌이 늘 나를 놔주지 않았어. 진로를 결정해야 할 나이가 되어서는, 그게 점점 더 커졌지. 마치, 내가 둘이어서, 한쪽은 일본에서 나서 자라 평화롭게 아무 문제 없이 살아가고, 다른 한쪽은 아버지와 엄마랑 운명을 함께하여, 그 사람들의 무책임한 행위로 이루어지는 끔찍한 공간의 책임을 줄곧 짊어지고 있다, 그런 느낌이었어. 이 눈으로 실상을 확인하고, 경찰에 신고하는 공상도 했지. 하지만 내 일상 속에서 그건 너무 멀고, 막에 에워싸여 있는 듯한 느낌이었어. 나는 아버지의 얼굴도, 사진밖에 보지 못했어. 모르는 사람이나 거의 마찬가지지. 그 사건에 대해 알았을 때도, 만난 일조차 없는 아버지가 죽었다는 감각은 희미했고, 오히려 이제 더 이상 사람이 죽지 않아도 된다는 것이 기뻤어. 줄곧 보면서도 못 본 척해 온 나 자신을, 되돌이킬 수 없어지기를 기다린 자신을 혐오했지. 그런 때도, 올리브의 사랑은, 나를, 내가 좋아하는 쪽이, 마나카짱과 할아버지가 있는 세계만이 나의 현실이라고 가르쳐주었어」

「응」

「그러니까, 돌아가면, 다시 개를 기르자. 그리고 우리 집에서 같이 살자」

「제단이 있던 방을 내 방으로 하기는 싫어」

수많은 경치를 마음에 담으면서 해질녘의 바다처럼 시시각각 변해 가는, 인간이란 존재의 마음을 아무튼 멋지다고 생각했다. 우리는 일어나, 따스한 노란 불빛이 줄지어 빛나는 별장 쪽으로 걸었다. 도중에 남십자성을 찾느라 하늘을 가리키고 있었더니, 역시 남십자성을 찾고 있는 사람들을 만나, 모르는 사람들끼리 웃으면서 하늘을 올려다보고 찾았다. 발견한 남십자성은 생각보다 훨씬 더 조그맣고, 귀여웠다. 십자를 구성하는 별 하나하나가 다이아몬드처럼 반짝반짝 빛나고 있었다.

그 사람들이 잘 자요, 라고 말하여, 우리는 해변을, 손을 잡고 노래를 부르며, 걸어 돌아갔다.

딱히 같이 살지 않아도, 둘이 돌아가는 길은 언제나 집으로 가는 길이고, 둘이 있는 곳은 어디든 집이다.

「돌고래, 굉장하지. 그렇게 많다니」

「그 곳에서는 고래도 보이는데, 아까, 다들 그랬어」

「섬이란 것은, 정말 바다에 떠 있는 조그만 땅이야. 주위에 있는 세계 쪽이, 그렇게 거대할 줄은, 정말 생각도 못했어. 그렇게 높은 곳에서 보지 않았더라면, 바다가 그렇듯 넓은 것인 줄 내내 몰랐을지도 모르지」

우리가 위에서 내려다본 그렇게 끔찍하도록 끝없이 넓은, 파도가 일렁이는 회색 바다가 돌고래의 놀이터이듯, 우리들이 살아가는 이 끔찍하도록 넓은 세계의 모든 것은 눈에 보이지 않는 파도까지 포함하여, 신에게는, 저렇듯 사소하고 야만스러운 놀이로 보일지도 모르겠다.

엇비슷한 하나하나의 생명이 무수히 흩어져, 막대한 수의 생각에 따라 헤엄쳐 다니고 있다. 사랑하기도 하고, 증오하기도 하고, 죽이기도 하고, 죽임을 당하기도 하고, 낳기도 하고, 끝내기도 하고, 태어나고, 죽고, 많은 일들을 마치 질서 따위 없는 것처럼, 하고 있다. 몇십 년을 살다가 아이를 낳을 수 있는 아이를 토막내 먹는 자도 있거니와, 그렇게 오래 살지 못하는 조그만 개에게 살아가는 힘을 얻는 자도 있다. 밤바다에서 홀로, 아무도 모르는 자살을 기도하는 자도 있거니와, 어느 누구의 배에서 나왔는지 따위 상관 않고 울부짖으며 자란 거친 생명의 숨결도 있다. 성분이 아주 짙은 생명의 수프 안에서는, 아무리 거친 일도 자잘하고 부드러운 일도, 한꺼번에 일어난다. 그런 것들 모두, 조그만 뜰에서 크나큰 시간의 바늘을 새기는 우리들의 생 모두가, 그 벼랑처럼, 저 높고 평화로운 곳에서 바라보면, 나란히 줄지어 파도를 타는 돌고래처럼 우스꽝스럽게, 조그맣게, 그리고 힘차게 보일 것이다. 우리는 누구든, 저 멀리서 보면 가혹하고 차갑고 거친 바다 속, 회색 파도에 휩싸여, 헤엄치고, 놀다가, 마침내 없어져 이 거대한 세계 어딘가로 녹아든다.

  아까 바람을 맞으며 회색 바다에서 노니는 돌고래를 바라본 우리들이 숨을 삼켰던 것처럼, 우리들의 생 역시, 분명, 한없이 아름다운 것이리라.

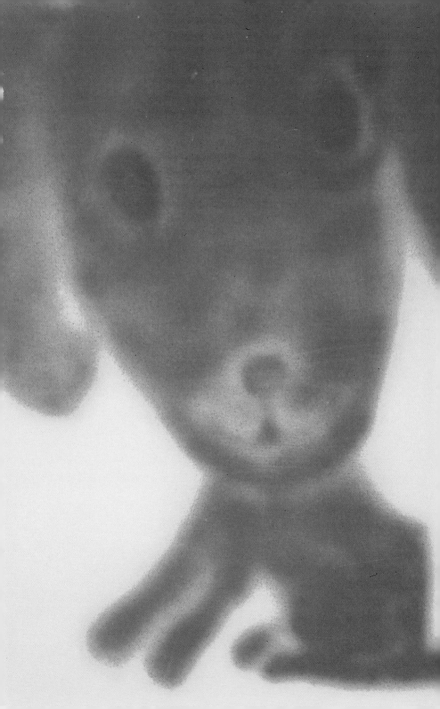

착한 강아지
acrylic, air-brush on paper
© MAYA MAXX 1997

옮긴이 **김난주**

1987년 쇼와 여자대학에서 일본 근대문학 석사 학위를 취득했고, 이후 오오쓰마 여자대학과 도쿄 대학에서 일본 근대문학을 연구했다. 현재 대표적인 일본 문학 전문 번역가로 활동하며 다수의 일본 문학을 번역했다. 옮긴 책으로 요시모토 바나나의 『키친』, 『하드보일드 하드 럭』, 『하치의 마지막 연인』, 『암리타』, 『티티새』, 『불륜과 남미』, 『몸은 모든 것을 알고 있다』, 『허니문』, 『하얀 강 밤배』, 『슬픈 예감』, 『아르헨티나 할머니』, 『왕국』, 『해피 해피 스마일』, 『무지개』, 『데이지의 인생』, 『그녀에 대하여』 등과 『겐지 이야기』, 『모래의 여자』, 『가족 스케치』, 『훔치다 도망치다 타다』 등이 있다.

허니문

1판 1쇄 펴냄 2000년 4월 1일
1판 18쇄 펴냄 2009년 2월 9일
2판 1쇄 찍음 2011년 2월 18일
2판 1쇄 펴냄 2011년 3월 4일

지은이 요시모토 바나나
옮긴이 김난주
발행인 박근섭, 박상준
편집인 장은수
펴낸곳 (주)민음사

출판등록 1966. 5. 19. 제16-490호
주소 서울시 강남구 신사동 506 강남출판문화센터 5층 (135-887)
대표전화 515-2000 | 팩시밀리 515-2007
홈페이지 www.minumsa.com